魔幻偵探所

5

「大西洋之星」號謎案

關景峰 著

新雅文化事業有限公司
www.sunya.com.hk

魔幻偵探所
人物介紹

南森

身分：魔幻偵探所創辦人、領頭羊

年齡：120歲

畢業學校：斯塔福德學院（伏魔系）

學位：博士

捉妖經驗：108年，獲得「捉妖能手」、「怪獸剋星」等稱號

性格：遇事鎮定、善於思考，生氣時聽到幾句好話氣就消了

最具殺傷力的武器：
顯形粉、細妖繩、無影鋼鐵牆

海倫

身分：魔幻偵探所成員，南森的得力助手

年齡：13歲

畢業學校：劍橋大學（法術系）

學位：學士

捉妖經驗：1年

性格：開朗、逢事觀察細緻，吵架時總讓着本傑明

最具殺傷力的武器：細妖繩、凝固氣流彈

倫敦貝克街１號有一家 **魔幻偵探所**，
成員們精通魔法，法術高明，在一系列緊張
而又富於冒險性的偵探過程中，他們並肩作戰，
成功偵破了一宗又一宗錯綜複雜、
動人心魄的魔怪案件。

本傑明

身分：魔幻偵探所實習生

年齡：11 歲

就讀學校：牛津大學（捉妖系）

捉妖經驗：3 個月

性格：聰明淘氣、遇事毛躁

最厲害的戰術：非常規戰術

保羅

身分：魔幻偵探所機械狗

年齡：100 歲

工作能力：無所不知的電腦資料
庫，善於用百分比分析事物

性格：異想天開、調皮、懶惰

最喜歡的食物：潤滑油

最具殺傷力的武器：追妖導彈

綑妖繩

能夠對準魔怪迅速旋轉收縮，
將它綑緊綁實，繩子一旦落到
魔怪身上，就像嵌入肉裏，魔
怪越掙脫綁得越緊，當然放繩
子時可要放得準才行。

無影鋼鐵牆

這堵牆其實就是氣流，它把
氣流變成了無影無形的鋼鐵
牆壁，能將敵人困在其中，
衝不出去。

顯形粉

這是一種非常神奇的粉末，即使
魔怪偽裝、隱形了也完全能顯現
出它的原形。對了，「顯形」就
是「現出原形」的意思！

裝魔瓶

能把魔怪收進裏面，使其在三天內化成清水的神奇瓶子。即使魔怪身形再龐大，也能收進瓶內。

幽靈雷達

能夠準確測定氣流存在的方位，並及時發出警報的裝置。它能跟蹤、測定魔怪在哪裏。不過，如果魔怪的魔力非常強，幽靈雷達有時候也可能測不到，它的更強大的功能還有待你去改進！

追妖導彈

能夠自動尋找魔怪，進行智能追蹤的導彈，這種導彈威力比較大，一般魔怪根本抵抗不了。

魔幻偵探開始行動！

目錄

第一章　　　來自大西洋上的求助　　　8

第二章　　　奇怪的謎局　　　25

第三章　　　幽靈雷達在閃動……　　　39

第四章　　　失蹤了六十人？　　　51

第五章　　　神秘的金髮人　　　62

第六章　　　金髮人再現　　　77

第七章　　　關鍵的線索　　　93

第八章　　　金髮人落網　　　107

第九章　　　水怪！水怪！　　　119

尾聲　　　137

推理時間　　　140

第一章　來自大西洋上的求助

狂風捲起大浪猛烈地拍打着一艘萬噸巨輪的船身，一波又一波，絲毫沒有停下來的意思。天空中，黑雲翻滾着壓向海面，海中的巨浪似乎開始跟黑雲交手，然後一切又都平靜了下來。突然，遠處出現一道閃電劃破黑暗，緊

接着，巨雷的轟鳴聲響徹了這艘行駛在北大西洋海面的郵輪。黑夜中，郵輪在艱難前行着。

郵輪上的一處會議室裏，坐着幾個人，他們神色嚴峻，根本沒有留意外面的惡劣天氣，好像也沒有感覺到海面風浪對船體造成的搖晃。

「這已經是第五宗失蹤事件了。」一個年紀較大的人用極為陰沉的語氣説道，「誰也不能保證這是最後一宗。」

「那我們怎麼辦？」另一個人無奈地說道，「無論是駛到目的地還是返航，我們都要三四天時間，可是誰又能保證這幾天內不會再有人失蹤呢？」

年紀較大的人沒有說話，大家都看着他。這個人目光堅定，但是看得出來，他心裏非常緊張，因為他的手在微微發顫。

「求救信號已經發出了吧？」他把頭轉向一個年輕的船員。

「剛剛發出。」

「好。」他點點頭，然後用深邃的目光看了看舷窗外面的驚濤駭浪，「願上帝保佑我們。」

倫敦，貝克街魔幻偵探所，傍晚時分。

本傑明手裏拿着一本書悄悄地溜進了實驗室，博士正在這裏全神貫注地做着一項試驗。南森博士特製的蒸發皿放在一台電子加熱器上，裏面的液體翻騰着，發出「咕嘟咕嘟」的聲音，還不斷有白煙冒出。冒出的氣體有種說不出的味道，不過還好，不算難聞。

「濃度不夠，應該再加一點孔雀石粉末。」博士把一

段試紙從蒸發皿中拿出來看了看，自言自語道，「大概還要加些紫水晶。」

「博士……」本傑明靠近博士，高興地把手裏拿着的書遞給博士。

「噓……你等一下……」博士示意本傑明不要打擾他，埋頭繼續做自己的試驗。

「你剛才不是説已經做好了嗎？怎麼還沒完……」本傑明小聲説道。

「我總覺得不夠滿意。」博士頭也不抬，邊注視着蒸發皿邊説，「本傑明，你有什麼事？」

「我這本《KS極品賽車攻略》已經看完了。」本傑明把手裏的書晃了晃，「可以借給你看了，你要快點看完呀……」

正在做試驗的博士突然發現蒸發皿裏的東西有什麼不對，又放了一些孔雀石粉末進去。

「你説什麼，本傑明？」博士一直沒有抬頭，他的心思在試驗上。

「我説這本賽車秘笈攻略可以給你看了。」本傑明的聲音加大了一些。

「濃度不夠，濃度不夠，濃度不夠……攻略秘笈，攻略秘笈……」博士說着接過本傑明手裏的書，然後把書往蒸發皿裏放進去，「對，秘笈，就差一點秘笈……」

「這是書，博士！」本傑明大喊起來，他一把搶回了書。

「噢，對了！」博士終於抬起頭看看本傑明，有所省悟地說，「就差一點，最關鍵的。」他望了望蒸發皿，轉向本傑明，「哦，本傑明，你是什麼時候進來的？」

看來博士根本就沒從試驗中回過神來，本傑明無奈地聳了聳肩膀。

「你先做試驗。」本傑明馬上說，「看來我來得不是時候，不過剛才你好像說試驗成功了。」

「效果不明顯呀就是不明顯……」博士嘴裏嘟囔着繼續做他的試驗。

本傑明知道，博士正在研製一種叫「魔怪行蹤貼」的法寶，其主要功效就是對付那些想逃遁的魔怪。只要把它貼到魔怪身上，那麼他就無處藏身，「魔怪貼」會持續發出亮光甚至氣味，而且附着力極強，魔怪想把它弄下來是不大可能的。博士還說想用這項發明角逐本年度魔法師聯

合會的「超神發明獎」呢。

　　本傑明回到了寬敞的客廳。與其説這裏是客廳，不如説這裏就是間辦公室，因為裏面擺着三張辦公桌，也是博士他們平日辦公的地方。

　　海倫和機械狗保羅都不在，本傑明拿起一本漫畫書看了起來。他很快就被漫畫書吸引住了，靠在沙發上看精彩的漫畫，對他來説就是一種享受。

　　門口傳來鑰匙開門的聲音，海倫抱着一大包東西走了進來。她把東西放到地上，回頭一看和她一起出去的保羅還沒有進來，又急忙跑了出去。

　　「保羅，老保羅！」海倫剛出門就喊起來。

　　「來了來了。」保羅一下就越過海倫的腳面竄進了屋子裏，「我一點自由都沒有。」

　　「給你自由你就去招惹街角那幾隻貓。」海倫進屋關上了門，「上次被最小的那隻抓掉一塊皮，就不記得了嗎？你好像從來都不知道痛……」

　　「我只是和牠們交個朋友嘛。」保羅滿不在乎，他的確是從來不知道什麼叫痛的，博士沒有給他安裝這個功能。「不過你知道，牠們的IQ不如我，我們缺少一些共同

13

語言……」

「可惜博士沒有把你設計成機械人。」海倫抱起剛買回來的東西向廚房走去，「我也不想老是管你，但如果你被那些貓抓得露出電路板來，那就熱鬧了！」

海倫說着進了廚房。保羅被她說了一頓有些掃興，他看見半躺在沙發上看漫畫書的本傑明，於是就跳上了沙發。但本傑明看得太入迷，幾乎都沒有察覺海倫他們進了屋。

「真是個小管家婆。」保羅靠着本傑明趴下，碰了碰本傑明，「看什麼書呢？」

本傑明還是沒有什麼反應，他完全被漫畫書吸引住了。保羅討了個沒趣，只好趴在沙發上閉目養神。這時博士從實驗室走了出來。

「博士，我們有張信用卡透支了。」海倫也從廚房出來，她邊說邊掏出幾張信用卡，遞給博士一張，「你最近可花了不少錢呀。」

「是這張嗎？」博士皺皺眉頭，接過海倫遞上來的信用卡，「透支了嗎？」

「透支了，我剛去刷過。」

「這個……這個……」博士努力地想着什麼，「最近我搞的這項試驗大概花了不少錢，那些原料……紫水晶什麼的不便宜。」

「最近我們接的案子少，沒什麼收入。」海倫嚴肅地看着博士，「你卻花錢還這麼大手大腳的……」

「這個我知道，我知道。」博士撓撓頭，樣子像是一個被教訓的小孩子，「我會掙到錢的，別着急，千萬別着急……」

「透支的錢要馬上還上，在規定時間內如果不還錢會很麻煩的。」海倫其實也沒什麼辦法，博士花起錢來從來是不作預算的。當然，他的錢很多都用在魔法試驗，或者是給保羅身上的設備升級上了。

「是花了不少。」博士似乎也感到了壓力，説話的語氣不那麼輕鬆了。

「那你的試驗，好像是什麼『魔怪貼』……」海倫想了想，「怎麼樣了？還要買什麼原料嗎？」

「哈哈，魔怪行蹤貼！」博士精神一振，像是換了個人似的，「我正要和你們説這個事，我來表演給你們看吧，馬上開始。」

　　博士一下子就從口袋裏掏出一個小盒子。他拿着盒子在海倫面前晃了晃，樣子非常得意，然後走到窗邊，拉上了窗簾，屋裏一下子暗了下來。

　　「啊……啊……什麼事情？」本傑明感覺什麼都看不見了，「怎麼黑了？」

　　「你們等着。」黑暗中傳來博士的聲音，「馬上就表演給你們看！」

　　博士打開了他手裏拿着的盒子，從裏面一下子飛出一個發着綠光的小亮點，這個小亮點在空中飛來飛去，忽左忽右忽上忽下，在黑暗的房間裏顯得十分顯眼。

「是螢火蟲吧？」本傑明説道，「這沒什麼特別的。」

「是呀。」海倫接着説道，「你製造了一隻螢火蟲出來？」

「才不是呢，兩個小傻瓜。」博士得意地説道，忽然他又從口袋裏掏出一個捕蟲網兜，朝那個發亮的飛行物撒去，很快就把牠給罩住了，「現在拉開窗簾，你們來看看這是什麼。」

窗簾拉開了。博士捏住了網兜的出口，把那個發亮的東西呈給海倫和本傑明看，此時那個東西發出的綠光變成了紅光。

「這是什麼呀？剛才還是綠光怎麼變成紅光了？」海倫感到非常好奇，她低下頭仔細地看起來，「哎呀，是隻蒼蠅呀，真噁心。」

在博士的網兜裏，果然有一隻蒼蠅。

「這就是我的試驗呀。」博士解釋説，「我抓了隻蒼蠅，把我新研製的魔怪行蹤貼在牠身上摩擦了幾下，你們看牠多顯眼，魔怪要是被我貼上這種東西，它就會白天發紅光晚上發綠光，看它往哪裏躲。」

原來是這樣，海倫和本傑明佩服地點着頭，看來博士這次的試驗是很成功的，那些買原料的錢並沒有浪費。

「這個東西的有效期是多長時間？」保羅問了個很專業的問題，語氣很嚴肅，「它不會永遠地亮下去吧？從物理學角度考慮，一個物體的能量不會永遠地延續，這裏存在一個轉化的問題……」

大家都看着保羅發呆，從頑皮的保羅嘴裏説出這樣一本正經的話，那真是太罕見了。海倫和本傑明相互對視一下，然後一齊看着保羅。

「你們不要這樣看我呀。」保羅仍然一本正經，「我其實是一隻治學嚴謹的狗，你們大概總是只看到我的另一面……」

「哈哈哈……」海倫和本傑明都笑了起來。

「你們別笑了。」博士雖然這麼説，但自己也笑了起來，不過他很快就止住了笑，「保羅講的有道理，從理論上講魔怪行蹤貼發亮的有效時間是四十八小時，但是還沒有經過實踐驗證。」

「四十八小時，足夠了。」海倫止住笑説。

「是的，魔怪如果一直發着亮光就等於被鎖定了，

要是我們四十八小時內還抓不住他，那我們就別做偵探了。」博士說着，拿着網兜走向洗手間，「我要去扔掉蒼蠅。」

正在這個時候，電話鈴突然響了起來。

博士接過電話，剛說了幾句話，他的表情突然就嚴肅起來，這個電話足足講了二十分鐘。

「出事了！」博士剛一放下電話就對助手們喊道。

「什麼……」本傑明、海倫和保羅都圍了過來。

「你們聽說過『大西洋之星』號吧？」博士問大家。

「知道。」本傑明點點頭，「就是那艘超五星級豪華郵輪，號稱是海上的皇宮，電視台多次報道過的，好像這艘船的總部設在倫敦的林格海運公司。」

「就是這艘船。」博士用沉重的語氣說，「它現在正在進行一次跨越北大西洋的旅行。船是四天前從利物浦出發的，出發後的第二天就發現船上有乘客失蹤，到現在船上已經失蹤了五個人了。我的朋友特納就在那條船上，他是船長的朋友，也是林格海運公司的顧問。船長現在束手無策，剛才是特納在那條船上給我打來了求助電話……」

「啊？」海倫低聲驚呼起來，這個消息的確讓人感到

19

震驚，海倫也知道這艘豪華郵輪，當初它下水的時候，自己還夢想能登上這艘郵輪去環球旅行呢。

「為什麼他打電話給我們？」海倫急切地問道，「難道船上有魔怪作案嗎？」

「船長和保安部經理覺得魔怪作案的可能性很大。保安部經理以前是警探，但他什麼線索都沒有找到，這五個人的失蹤全部都是悄無聲息的。」博士有些激動，「沒有線索反映幾個失蹤者相互之間有任何的聯繫，最後失蹤的兩個人還是身材高大的郵輪保安員。謀害這樣的人而一點聲響或者搏鬥痕跡都沒有，讓人不得不想到船上是否有魔怪。」

空氣開始緊張起來，海倫和本傑明都注視着博士。保羅自動開啟了身上的資訊記憶體，他想找找以前是否有類似的案件可供參考。

「那這條船現在在哪裏？他們作何打算？」海倫問道。

「郵輪現在位於北緯47.35度，西經31.28度，距我們這裏有2,500公里。繼續向前或者往回靠岸都要走三四天，進退兩難呀。」博士拿起他剛才的電話記錄看了看，

眉頭緊皺着，「特納説船長已經和陸地上進行了聯繫，海運公司也已經報警了，船長和保安部經理都懷疑是魔怪作案，於是船長聽從了特納的建議要找我們魔法偵探破案。這樣的話，就算真是魔怪作案也可以有應付的方法。」

「那我們該怎麼辦？」本傑明很焦急地問。

「我先聯繫一下倫敦警方。」博士説着拿起了電話。

博士直接接通了倫敦警察局局長凱文的電話，他倆是老朋友，凱文局長已接到報案並了解了一些情況，他正想聯繫博士呢，兩人通了十幾分鐘的電話後，博士掛上了電話。

「有事情做了，我們馬上出發到那條船上去。」博士很興奮，「我們已經獲得警方的授權。」

「太好了！」本傑明差點跳起來，不過他轉念一想，又有了疑問，「可是我們怎麼去呢？使用魔法飛過去嗎？那艘船在大西洋上呀。」

魔法界有個規定，魔法成員不到萬不得已的時候，不得使用魔法辦事。

「你們聽説過『鷂』式飛機嗎？」博士微微一笑説，「警方正在跟皇家空軍聯繫，為我們安排乘坐這種飛

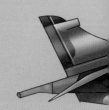

機。」

「是那種能夠垂直起降的戰鬥機嗎?」本傑明興奮地叫了起來,「鷂」式飛機他可是了解的,這種飛機可以進行垂直的起飛和降落而不需要跑道。警方想得真周到,郵輪不是航空母艦,只有「鷂」式飛機能夠起降。

「是的。」博士點點頭,「坐上這種飛機,不用三個小時就可以降落在『大西洋之星』號的直升機起降平台上。」

「聽上去還不錯。」保羅突然插話說,「不過有一點

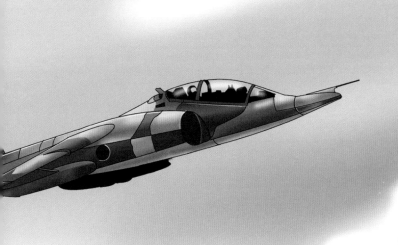

要注意，你們能承受戰鬥機在加速或者急轉彎的時候，產生的人體自身重量幾倍的壓力嗎？我反正不要緊……」

「有道理，不過這個應該沒有什麼問題。」博士說，「我們可都是會魔法的人。」

「是啊。」海倫看看保羅，「你行我們也行的。」

「我倒是希望那架飛機來個倒飛橫滾什麼的高難度動作。」本傑明比劃着說，「我喜歡刺激。」

大概過了十分鐘，一輛警車引路，博士開着自己的車子帶着助手跟在警車後，駛向倫敦北部的一個空軍基地。

兩架加滿油的「鵰」式飛機正在基地上等待他們，皇家空軍全力支援博士他們的這次行動。

快近跑道時，本傑明看見兩架「鵰」式飛機，他激動得手舞足蹈。

「『鵰』式T.MK2型雙座教練機。」保羅也看見了飛機，並馬上就叫出了飛機的型號，他的資訊庫裏可是有這種飛機的圖片的，「外觀上和單座『鵰』式戰鬥機有點不一樣。」

二十多分鐘後，兩架「鵰」式飛機在轟鳴聲中一前一後衝向藍天。由於是戰鬥機，一架不能乘坐好幾個人，所以博士和保羅乘坐一架在先，本傑明和海倫乘坐另一架在後，航向就是大西洋上那艘正在遭遇危險的船隻。

第二章 奇怪的謎局

呼嘯飛越大洋的飛機承載着重要的使命，「大西洋之星」號上發生的案情十萬火急。此時已經是晚上十一點了，五十多歲的老船長西蒙和顧問特納坐在船長室，焦急地等待着博士的到來。船長剛才已接到報告，說還有幾分鐘飛機就要到了。

「西蒙船長。」一個身穿制服的船員走近船長。

船長沒有說話，他的心情一直很沉重，現在腦子裏全是失蹤遊客的身影。這次船上的失蹤事件，是他從事航海工作三十多年來從來沒有遇到過的。

現在船上失蹤的人員不是五個，而是六個了。就在十幾分鐘前，又有一個乘客失蹤。得知又有人失蹤，船長的精神幾乎都要崩潰了，特納不停地勸慰他，現在他們正焦急地等待着博士的到來。

「西蒙船長。」那人又叫了一聲。

「噢，是斯科特先生，什麼事？」

斯科特是「大西洋之星」號上的保安部經理,他有過多年刑事偵探的經歷,不過對於眼前的案件,他似乎還沒找到什麼頭緒。

「他們馬上就到,現在船已經停了。」斯科特輕聲說道,「我們去迎接一下吧。」

「好的。」船長說着,拿起了帽子,然後站起來和斯科特、特納一起走出船長室。

飛機要降落在郵輪尾部的一個為直升機起降而設的平台上,當然,設計者當初也不會想到這個平台此時會供戰鬥機降落。

正當船長和斯科特從郵輪內部的通道走向郵輪尾部的時候,安裝在過道裏的音箱傳來播音員小姐甜美而莊重的聲音。

「各位乘客請注意,有兩名突發疾病的乘客將在十分鐘後由皇家空軍的飛機接走,請大家在半小時內不要前往郵輪尾部。再廣播一遍⋯⋯」

船長看看跟在他後面的斯科特,滿意地點點頭。大概過了五分鐘,他們來到了船尾,又過了幾分鐘,遠處傳來一陣轟鳴聲。兩架「鶚」式飛機接踵而至,前面的一架在

接近船尾平台後，兩側發動機的旋轉方向慢慢由水平轉為垂直，最後緩緩降下。海面的風浪較大，龐大的郵輪稍微有點晃動，但是駕駛員照樣嫻熟地降下了飛機。

博士背着一個旅行包，抱着保羅從飛機上鑽了出來。他一下飛機，就看見有幾個人站在船尾客艙的出口向他招手，此時天空正下着小雨。

搭載博士的飛機立即升空返航，另一架飛機也安全地降落，飛機上下來的兩個人正是海倫和本傑明。

「真不好意思，我弄髒了飛機。」本傑明下來後，沮喪地說道，走路還一晃一晃的。他剛才因為暈機嘔吐了！

「走啦走啦，看你以後還敢不敢吹牛。」海倫說。

「怎麼了，本傑明？」海倫扶着本傑明走到客艙出口的時候，博士連忙上前問道，保羅也趕了過來。

「沒什麼，暈機。」本傑明下了飛機後感覺好些了，「一會就好了。」

「那就好。」博士放心了，他把海倫和本傑明帶到了西蒙船長和斯科特經理的面前，剛才博士已經和他們相互認識了，「這是西蒙船長和保安部的斯科特經理，特納先生是你們認識的……」

「你好西蒙船長，你好斯科特先生，從飛機上看你們的船真漂亮。」海倫很有禮貌地說，「我是博士的助手海倫，這位是我的同事本傑明。」

本傑明搖搖晃晃地衝船長和斯科特點點頭，他還勉強地對早就認識的特納先生笑了笑，不過他這笑比哭也好看不了多少。

「接下來的情況你們當面細談吧。」特納看到博士等平安到達，感到輕鬆了一些，「我不懂偵破，更不會魔法。」

「你一定要注意安全。」船長叮囑道，「最好一直待在房間裏……」

「這個我知道。」特納說完就和大家告別，向自己的房間走去。

大家相互認識之後，船長親自將他們帶到了客艙，博士他們被安排在離船長辦公室不遠的三個房間裏。這裏是第一層甲板上的船員房間，這樣的安排是為了方便工作。

博士的房間不大但是舒適。此時他的心情很焦急。

本傑明到了他的房間後換了一身衣服，在床上躺了一下，感覺好多了。這艘「大西洋之星」號體積龐大，外面雖然是驚濤駭浪，但是船體擺動幅度卻不大。

半小時過後，博士帶着海倫、本傑明還有保羅，在一個船員的帶領下來到了船長辦公室。一進門，博士就看到船長的辦公桌上擺着航海圖、輪船構造平面圖等圖紙。船長和斯科特已經先到等着了。

「西蒙船長。」一進門，博士就開門見山地說，「我們這麼大張旗鼓地坐飛機過來，要是被隱藏的魔怪發現可不好呀。」

「這個我們早就想過了。」船長有點得意地一笑，他看看斯科特，「你們來之前我們就反覆播廣播，說有兩個病人要被飛機接走，也許有乘客會看見飛機，但是沒有乘客會到後甲板來，你放心好了。這是斯科特的主意，他有十幾年偵探經驗。」

「這可是個不錯的主意。」博士用讚賞的眼光看看斯科特。

「謝謝。」斯科特衝博士一笑，「這艘船上雖然有五百多名乘客，但沒有人會注意到你們的。」

「這樣很好。」博士說着，坐到了一把椅子上，「請你們描述一下詳細情況吧。」

「情況很糟，又有一個乘客失蹤了。」船長用極其沉

重的話語說道。

「什麼？」博士等人瞪大了眼睛。

斯科特簡單地將剛才他們查出又有一名乘客不見了的事情告訴了博士。

「詳細的情況是這樣的。」船長戴上眼鏡在桌子上攤開一張地圖，博士和他的助手都圍了過去，「我們這艘船在3月15日早上從利物浦港出發，準備橫跨北大西洋到達美國的邁阿密，中途我們會在加拿大的哈利法克斯港停一下，到達邁阿密後我們準備在那裏休整五天，然後直接返回利物浦港，整個行程需要一個月的時間。船上的乘客都是來海上度假的，這樣的旅行我們一年進行十次，以前從來沒有出過事。」

船長頓了一頓，抬頭看了大家一眼，繼續說道：「船上的乘客應該都是些有錢人。我們的郵輪就是為他們提供豪華的海上度假，全船乘客一共五百零二人，船員二百五十八人，乘客中30％多來自英國本土，其他的來自法國、荷蘭、德國、意大利、愛爾蘭、美國等多個國家。」

「這麼說這艘船是艘國際郵輪了。」博士若有所思地

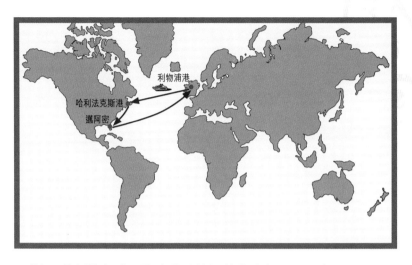

説，「有關失蹤人員的具體情況請你介紹一下。」

「好的。」曾經做過偵探工作的斯科特接過了話題，他從身上掏出一個小本子，「出海第一天一切正常，3月16日也就是三天前，大概在晚上八點，愛爾蘭遊客尤金太太來求救，説她丈夫失蹤了。她説他們六點多在餐廳用過晚餐，大概快七點的時候她的丈夫説要到吸煙室去，可是一個小時後，她的丈夫並沒有回來，她就去吸煙室找他，但沒有找到。起初我們沒有太在意，這艘船很大，也許他丈夫去哪裏玩了，我們通過廣播持續呼叫她的丈夫，可是沒有任何結果。」

「你們派人尋找了嗎？」博士問。

「沒有，剛開始連尤金太太也只是懷疑她丈夫去哪裏玩了，她只想讓我們用廣播呼叫他回房間。」斯科特說道，「你知道我們這艘船上有電影院、酒吧、遊戲房、網吧、健身房、游泳池、桌球房、賭場……」

「那後來呢？」海倫急於知道下文。

「到了第二天就是17號早上，尤金先生還是沒有回到房間。」斯科特看看海倫，「我們最先的懷疑就是這個可憐的人落水了……是的，當時我們就是這樣想的。」

「要是我也可能這麼想。」保羅在一邊開口了，他也在旁邊仔細地聽着有關案件的介紹。

「事情真正讓我們覺得怪異的是昨天，也就是18號，大概凌晨一點多的時候，兩名遊客的家屬分別跑來說家人不見了：多麗斯小姐告訴我們，她父親說出去走走，但過了很長時間也沒有回客艙，她父親走的時候並沒說去哪裏；強尼先生說他兒子去打桌球，可是卻再也沒有回來，他去桌球室也沒找到兒子。我們開始覺得不妙了。」斯科特緊皺着眉頭，表情非常凝重，「保安部全體出動找人，但一無所獲。」

「失蹤的乘客都是從房間外出後，再也沒有回到房間

嗎？」

「是的。」

「你們採取什麼措施了嗎？」博士說，「有沒有想到立即返航？」

「說實話當時船上有點亂。」船長用非常沉重的語氣說道，「以前從沒遇到過這種事情，一方面我們派人繼續尋找，另一方面我們開始加強船上的警衛巡邏工作，告知全體船員提高警惕⋯⋯至於是否返航，我們也詢問過在倫敦的總部，他們沒有馬上給出意見，因為返航會引起乘客恐慌，而且我們前進或者返航都要三天多的路程。」

「這是個問題，無論如何你們都不能馬上到達陸地。」博士看着地圖，「那最後兩名失蹤者呢？好像是你們的船員。」

「是我們保安部的喬納森和菲力。」斯科特說着站了起來，緊握雙拳，「我們加強了警戒，還告訴乘客外面風浪大，應減少外出。18號晚上我們增加了巡邏人數和次數，結果今天凌晨兩點，對講機呼叫不到這兩個人了，照理他們應該在一起巡邏的。」

「他倆在船上哪個區域失蹤，你們知道嗎？」

「應該是在郵輪第一層露天甲板上的某一處，那裏是他們的巡邏區域。」

「這些人失蹤後你們搜索過全船嗎？」

「每個角落都找遍了，另外，第六名失蹤者叫德科，就是那位剛剛才被發現失蹤了的乘客。」斯科特轉過身來用悲傷的目光看着博士，他拉着博士，「博士你來。」

博士和他走到了桌子旁邊，斯科特找出一張圖紙。

「這是一張『大西洋之星』號的結構圖。」斯科特指着圖紙開始講解，「這艘豪華郵輪長二〇五米，寬二十八米，有三十五米高，十二層客艙，重六萬噸，能夠搭載六百一十名乘客，三百二十名船員。我們從最上面一層一直找到船的底艙，可是卻一無所獲。」

「客艙裏那些乘客房間你們沒有找過吧？」本傑明邊看圖紙邊問。

「我們沒有權力也沒有證據去搜查乘客房間。」斯科特此時看上去很痛苦，「我想沒有誰能夠強行把兩個處於警惕狀態下的保安員，帶進自己的房間裏而不露一點痕跡吧。就算有人想把他們騙進房間再施以毒手，可是保安員進入乘客房間也要事先匯報的。」

「噢，是這樣。」博士的目光從圖紙上挪開，「所以你認為有可能是魔怪作案。」

「對。」斯科特看着博士，「我們保安部除我之外一共有十個人曾經做過警員，當時郵輪保安部招收保安員時，優先錄取有過警員工作經驗的。我們這十一位前警員搜索過全船後幾乎沒什麼結果，這使我想起了以前我接手的一個蹊蹺的案件，其實是一個魔怪作案，我們最後請了一位魔法師聯合會的魔法師幫忙才破了案。」

「果然是個謎局。」博士陷入深思之中，沉吟道，「十一位警員都一籌莫展……」

「所以西蒙船長一把這件事情告訴特納先生，他就想到了你，還給你打了電話……」斯科特停頓了一下，接着補充道，「我和西蒙船長都聽說過你，警方也認為由你負責這個案子是最合適的……」

博士稍微點了點頭，他在桌子前來回地走了幾圈，然後坐到了椅子上。辦公室裏的人全都看着他，房間此時靜得出奇，連手臂摩擦圖紙的聲音都能聽得一清二楚，人們都等待博士打破這片寧靜。

「根據目前這些資料看，」博士又站了起來，他看

着圖紙，「還不能完全確定是否有一個或者數個魔怪在船上隱藏着，不過根據目前情況看，魔怪作案的可能性比較大。現在乘客和船員的情緒怎麼樣？」

「目前還沒有什麼大的恐慌。」船長憂心忡忡地説，「我只跟特納先生談過詳情，他是我們海運公司的顧問，我還告訴那幾位有親屬失蹤的乘客要保守秘密，但還是有些乘客大概知道了一些情況，不大敢出房間了；今天下午叫餐飲外送的服務突然劇增，不過大部分乘客包括船員情緒還算穩定。」

「嗯，這可以理解。」博士勉強笑笑，好像是想緩解房裏的緊張氣氛，「神秘失蹤再加上空軍飛機來接『病人』，夠熱鬧的⋯⋯」

「下午我們保安部接到不少電話，乘客們詢問郵輪上是不是出事了。」聽到這話斯科特也苦笑起來，「我們的回答是，可能有人在風浪大的時候到船舷上走動，不慎落水了⋯⋯不過⋯⋯」

「不過什麼？」博士疑惑地説。

「不過好像沒什麼人相信。」斯科特面有難色，他搖搖頭，「船舷旁邊的護欄有一米六高，除非想翻越護欄跳

海自殺，否則無論誰在船舷邊摔倒都不會掉到海裏……這個謊言編得不怎麼樣……」

博士認真地聽着，皺皺眉，他把頭轉向船長，「一定要穩定乘客情緒，否則局面無法控制，我們來船上破案的消息和船上也許有魔怪存在的消息都要保密，知道的人越少越好。」

「這個我們知道，目前只有我、特納先生和船上的大副克拉克、斯科特先生以及保安部副經理鄧尼斯知道你們是來破案的。」

博士點點頭，請船長找出航海圖攤在桌上，然後仔細地看了起來，船長站在旁邊詳細解釋着。海倫和本傑明此時也在認真思考着案情。

第三章　幽靈雷達在閃動……

「我們不能返航！」博士突然大聲地宣布，語氣非常莊重，「要全速駛向哈利法克斯港，返航肯定引起慌亂，也許還會引起那個隱藏起來的傢伙的警覺，如果到時它隱藏着不再出來，那今後會有更多的人受害！」

「你是説我們不必返航，要繼續前進？」船長似乎還想得到進一步的確定。

「對！」博士斬釘截鐵的口氣，讓人覺得這個問題是不容置疑的，「仍然前進有利於我們偵探，我們就是要給那個傢伙一個印象，讓它覺得我們找不到什麼頭緒從而敢於繼續出來作案……」

「那它要是出來作案再傷害人呢？」斯科特打斷了博士。

「只要積極採取措施就一定能阻止它害人。」博士沒有怪斯科特打斷他的話，「加強巡邏非常重要，巡邏的班次密度還要加大，而且我有個建議……」

「什麼建議？」斯科特馬上問。

「你先回答我一個問題。」博士沒有馬上說出他的建議，「你們以前安排巡邏的時候是幾人一組？」

「兩人一組。」

「人數不夠，今晚組織巡邏不能再兩人一組了。」博士向大家伸出了四根手指，「必須提高警惕，改為四人一組，四個人前後分開，每人保持七八米左右的距離，如果

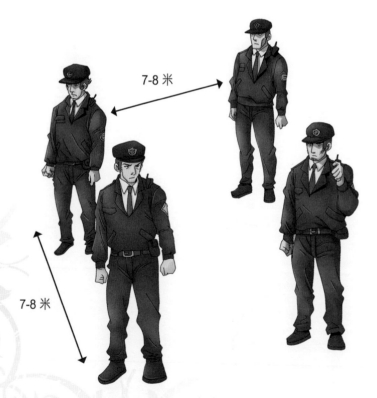

7-8 米

7-8 米

40

遇到什麼事情一定要先報告然後再處理,沒有事情也要每隔五分鐘用對講機向保安部通報情況。除此之外,巡邏的次數也要增加。」

「這是個好主意。」斯科特一下就明白了博士的用意,「巡邏的人分開距離前進,即使遭遇突然襲擊,起碼也能有一兩個人能發出求救信號。」

「我和我的助手也會馬上展開行動的。」博士用信任的目光看看他的助手們,隨後他轉頭看看船長,「我現在想見見受害者家屬,了解一下情況,你能馬上安排我跟尤金太太見面嗎?」

「好,我馬上打電話。」船長拿起了電話機。

電話鈴聲響了半天卻沒人接聽。

「尤金太太大概不在房間,電話沒人接聽。」船長放下了電話機,「我馬上安排人去找找。」

「不在?」博士低頭看看地板,隨後他猛地抬起了頭,「我看這樣吧,這麼大的船你們可能要找好一會呢,我們不如先去用幽靈雷達對全船來個徹底搜索,要是真有個魔怪躲在客艙裏,麻煩可就大了;另外,你們找到尤金太太就把她帶到這裏來,和其他幾個失蹤者家屬也要先打

41

個招呼，安排見面了解案情。」

「這樣也好！」船長點點頭，説着他再次拿起了電話，「對了，我先通知大副全速開向哈利法克斯港，再派人去找尤金太太。」

「謝謝你的配合。」博士説，「放心，我們很快就能搜索完。」

「那很好。」斯科特連忙説道，「你們現在就要展開搜索嗎？這船有十二層客艙呢，只有你們三人搜索，要不要派人幫忙？」

「不是三個，還有保羅呢。」博士提醒道，「我們展開搜索也不是如你想像的那樣走遍全船，我們只要到每層甲板居中位置上站定，然後用幽靈雷達向兩邊發射信號就能探測整層客艙。我算過了，船總長二百零五米，我們的雷達搜索距離是一百多米，搜一層甲板用不了多長時間。」

「明白了。」斯科特點點頭，「我去安排一下巡邏的事情，一會我帶你們去搜索。你們不妨先吃點東西，休息一下。」

説完他馬上到保安部去安排巡邏的事情了。這邊船長

已經給在駕駛室值班的大副打了電話，「大西洋之星」號馬上以每小時二十五海里的高速開向此次航行原計劃的中途停靠站——加拿大哈利法克斯港。自從3月18號西蒙船長等人意識到船上出了大事以後，郵輪一直低速前進。

與此同時，有三名船員被派去找尤金太太了。

博士三人匆匆地吃完晚餐，海倫先跑回她的房間裏拿來了幽靈雷達。她和斯科特一前一後又進了船長辦公室。

「按照你的安排我布置好了巡邏工作，所有的巡邏人員都被告知一定要保持警惕。」斯科特一進來就走到博士身邊，「因為人手不夠，船長幫我抽調了一些其他部門的船員加入夜晚值班的隊伍，保安部人員四人一組，其他部門船員五人一組。按照現在的人員布置密度，任何一個地方有事，巡邏隊在半分鐘內就能趕到，我的副經理鄧尼斯現在坐鎮保安部進行指揮調度。」

「好極了。」博士表示讚許，他看看兩個助手，「你們兩個注意，一旦發現有魔怪千萬不要慌，我們合力對付它；如果突然遇上魔怪要果斷出手，但是一定要注意不要傷到乘客。」

「好的！」海倫和本傑明齊聲答道。

「保羅，一會兒你去客艙裏把你的魔怪預警系統打開，我們來個雙重搜索！」

「沒問題！」保羅的戰鬥慾望也高漲起來。

博士他們攜帶的幽靈雷達是一種能自動搜索幽靈魔怪的雷達，它能搜索出大概一百米範圍內的魔怪；保羅身上的魔怪預警系統也能探測魔怪及其方位，但它最主要的功能是預報可能前來偷襲的魔怪。博士同時開啟這兩種裝置，表明這次搜索的重要性，他要做到萬無一失。

「你帶我們去頂層甲板，我們從上往下搜！」博士對斯科特説道。

四個人暫時告別了船長，乘坐電梯上了第十二層甲板的客艙，開始從上往下搜。但是搜遍了這條船的全部十二層甲板，還是一無所獲。不過在搜索途中，他們遇到了好幾組五人一隊的巡邏隊，這使博士安心了一些。就算真有魔怪襲擊巡邏隊，一來博士他們接到通知馬上就能趕到；二來增加巡邏人手，讓隊員拉開距離，就能保證魔怪偷襲時起碼還能有一兩個隊員可向保安中心發出求救信號。博士知道，畢竟很少有魔怪能夠在三十米左右範圍內，同時擊倒幾個已是高度警惕的人的。

在偵查過程中，博士注意到第一層的客艙房間數量最多，於是他們特別多花了一些時間搜索，但是仍然沒有找到任何魔怪存在的跡象。斯科特顯得有些失望，他原來想像的是博士一下子就能用雷達找到魔怪，然後將其擒獲。對他這種心情，博士十分理解。

此時已是凌晨十二點多了。

「要是這一層沒有，我們只能到甲板下層去找了。」斯科特的語氣露出一絲無奈。

可是甲板下層依然沒有任何發現。大家的情緒都不高。

「博士，現在能夠排除船上存在魔怪的可能性嗎？」斯科特帶着博士他們一走出底艙便問。

「還不能，檢查遠未結束。」博士的語氣堅決，「還要查。」

「還要查？」斯科特吃驚問道，「還查哪裏？」

「第一層的露天甲板。」博士用手向上一指，「你們保安部的那兩個人極有可能是在那裏的某一處失蹤的，去那裏也許能找到什麼痕跡，我們手上的線索太少了。」

「去那裏……」斯科特若有所思，他沒有把話說完。

45

「是的，明天白天我們行駛區域的天氣情況你知道嗎？下雨嗎？」博士突然問道。

「明天？」斯科特不知博士為什麼問這個問題，他想了想，「好像是陰天，不下雨，我聽了天氣預報⋯⋯」

「那就好，現在外面的雨有點大。」博士説，「痕跡搜索要靠保羅，但保羅有點怕水，明天白天我們再去。」

保羅的確有這方面的缺點，小雨沒有關係，但是雨大了讓他淋到，有可能影響裏面的電路。此時甲板上的雨比剛才更大了，所以博士暫時打算不上甲板搜索。

斯科特沒有説話只是點點頭，説實在的，他對這種搜索已經不抱希望了，兩位保安就是在昨天的這個時刻失蹤的，當時他們就用探照燈搜索過露天甲板的每一個角落，結果一無所獲，白天他們也看過甲板，沒有發現什麼可疑痕跡。

「我們現在是不是要去和失蹤者家屬見面了？」本傑明問。

「是的。」博士回答道。

一行人開始向上層甲板走去，斯科特走在最前面。他領着大家來到一處樓梯前。

「從這裏上去就是第一層甲板了。」斯科特説。

這處樓梯很窄，本傑明剛想向上走，忽然從上面下來一個拿着對講機的年輕船員。這個人表情嚴肅，身材高大，應該是保安部的人，本傑明馬上讓到一邊。第一個人剛下來，上面的樓梯口又出現了第二個巡邏的船員，看來後面還會有兩個保安員下來，他們嚴格地保持着一定的距離。

「斯科特先生，你也在這裏。」領頭的保安員説道。

「是呀。」斯科特衝那個保安員點點頭，「有什麼情況嗎，本傑明。」

原來這個保安員也叫本傑明，博士的助手本傑明盯着和他同名的人看了看，他覺得自己長大了也許沒有這個保安本傑明好看。

海倫和博士也盯着「本傑明」看，充滿好奇。

「沒、沒什麼情況。」保安員本傑明説道，他嘴上回答斯科特的問題時，眼睛卻一直看着博士他們。博士他們衝他微微一笑，他也衝博士等微微一笑。

斯科特還不能在這種公開場合把博士等人介紹給其他人。現在知道博士來破案的人越少越好，因為那個魔怪也

許就隱藏在附近。如果那個魔怪知道博士為它而來，肯定會加強防備，那樣把它找出來的可能性就更小了。

「沒什麼情況就好。」斯科特看了看兩個本傑明，他當然知道博士他們盯着保安員本傑明看的原因，「本傑明，午夜後你們應該還有兩班巡邏任務是嗎？」

「是的。」保安員本傑明答道，「那我們下去巡邏了。」

「好的，你們去吧。」

四個保安員從博士他們身邊走過，博士的助手本傑明在保安員本傑明從他身邊經過的時候，對這個同名的人笑笑，對方也向本傑明笑笑。兩個同名的人在這裏相遇，也算是博士一行此次郵輪破案中的一個有趣的小插曲吧！

「從現在開始，全船都布滿巡邏隊員了。」斯科特望着那幾個保安員的背影說。

「很好。」博士說，大家排着隊沿着樓梯向郵輪首層走去，斯科特走在最前面。沒有搜索到魔怪，海倫有點垂頭喪氣的樣子，她拿着幽靈雷達的手也放下了。

保羅走在最後面，他也有點灰心，本來他以為一下子就能在船上找到魔怪，然後三下五除二地解決掉他。

　　「保羅，你快點。」本傑明衝仍在樓梯下的保羅喊了
一句。

　　「知道了。」保羅在下面回答。

　　海倫走在本傑明前面，手臂隨着步伐前後擺動。本傑
明無意間看到海倫拿着的幽靈雷達，突然驚叫起來。

「海倫!」本傑明失聲喊道,「快看你的雷達。」

「啊?!」海倫立即拿起手中的雷達,只見上面反應有魔怪存在的紅柱線正在最高值附近亂跳。可是隨即,紅柱線又慢慢地消失了。

「怎麼回事?怎麼沒有了?」海倫瞪大眼睛看看博士,「剛才顯示第一層露天甲板好像有魔怪,就在船舷右側甲板上。」

「我這裏好像也探到有魔怪。」保羅説着快速衝上樓梯,「不過信號很弱。」

「那快走,帶我們去看看。」博士説着向甲板跑去。

第四章　失蹤了六十人？

大家跟在海倫後面，向雷達上顯示的可能有魔怪出現的地方跑去。

氣氛一下子就緊張了起來。大家都進入了備戰狀態。

海倫平端着幽靈雷達，她邊跑邊責怪自己剛才沒有一直看着雷達。根據雷達剛才顯示的方位，她跑到一條通向露天甲板的通道，在通道盡頭一把拉開了艙門。

一股清冷的風吹了過來，露天甲板上顯得有些冷清，海倫剛衝上甲板就看到艙門口的甲板上站着好幾個人，當然，他們都是人不是魔怪。

「顯示是這裏呀，可是沒有魔怪！」海倫看看幽靈雷達，上面沒有任何的反應。

博士等人也先後跟了上來，走近看了看那幾個人，原來是幾名手裏拿着對講機的巡邏隊員和一個穿着夾克衫的男子。

「派克，怎麼了？」斯科特從後面擠了上來。

「斯科特先生。」叫派克的是一個巡邏隊員,「我們這裏有點小爭吵,我正想向保安部匯報情況呢。」

「我以為是誰呢,原來是斯科特。」穿夾克衫的男子看來也認識斯科特。

「啊,詹姆斯先生,你也在這裏。」斯科特顯得有些驚奇,他把頭轉向博士,開始介紹,「博士,詹姆斯是第一層餐廳的廚師長,派克是第一層餐廳的廚師,不過今晚人手不夠,派克便被我調來參加巡邏了。」

「噢,是這樣。」博士點點頭。

「詹姆斯,你不給旅客做宵夜,跑到露天甲板上來幹什麼?」斯科特問道。

「我也不想來呀。」廚師長詹姆斯看起來很不高興,「幾個小時前廚房的排氣扇壞了,維修工到現在也沒修好,廚房的人手不夠,給你抽走去巡邏了,我累得頭昏腦脹。」

「這兩天船上有情況,你應該知道。」斯科特解釋說。

「知道知道,所以派克被你們抽走我也沒說什麼呀。」詹姆斯還是很不滿意,「剛才我看忙得差不多了,

就讓其他人收拾一下碗櫥，我回房間睡覺，不過那時我感覺胸悶得快透不過氣來了，就想到露天甲板上透透氣再回房間。」

「後來呢？這裏發生了什麼情況嗎？」斯科特連忙問。

「沒什麼，和一個人吵了兩句。」詹姆斯滿不在乎地說。

「吵架了？」斯科特問。

「也算不上吵架……」

「為什麼？具體情況你快講一下。」斯科特急切地問道。

「你別着急呀，我知道這幾天船上不太平，所以也沒走遠，出了艙門就靠在艙門上透氣，然後感覺舒服多了。」詹姆斯說，「我剛想回艙，這時船舷那裏有人對我說話，是個男子，他說船舷下面的海面上有海豚在游動，叫我去看看……」

「有人？他長得怎麼樣？」博士感到心頭一震，馬上問。

「根本就沒看清長相，那時我的頭還有點昏，這裏

又暗。他大概是個船員，穿的是船員制服。」詹姆斯説，「個子和我差不多高，不過我不認識他，船上這麼多船員，只有第一層的船員我比較熟悉……」

「你出來的時候就看見他了嗎？」博士接着問。

「大概沒有，我不敢肯定，我那時迷迷糊糊的，頭還暈呢，我只好捂着腦袋。」

「那你到船舷那裏去了嗎？」

「沒有，我哪有那心情呀，我才剛剛透過氣來。」詹姆斯搖着頭説，「再説了，我在這大西洋上漂了三十多年了，什麼沒見過呀，半夜跑去看海豚，我真是沒事幹了……」

「那個男子有什麼反應呢？」博士好像很關心這個問題。

「他真是多事，看我不理他，他轉身就向我走過來，在離我好遠的地方手就朝我伸了過來，看起來是想硬拉我去看。我心情本來就不好，當即罵他滾一邊去，他也罵了我一句。這個時候，派克他們排着隊來了，手電筒亮光衝我們這邊亂照。」大廚詹姆斯説着又生起氣來，他説着看看派克，像是求證，「派克還大喊我的名字。」

「是這樣的。」派克在一邊説，「我們巡邏過來，老遠就看見這邊有兩個人，一個靠在艙門，一個在船舷那邊，好像在吵架。我拿手電筒照了照，一下就看見了詹姆斯先生，就大聲問詹姆斯先生有什麼事情。」

「然後呢？」博士問，「我是説那個男子有什麼反應？」

「走了，他發現有人過來後就走了，一下子就不見了。」詹姆斯説到這很有些神氣的樣子，「他看見派克認識我，當然就走了，如果要打架，他可打不過我們。」

「派克先生，你看清那個男子的長相嗎？」博士又問派克。

「沒有，我拿手電筒照了照他，只看到他是個船員，穿着制服，而且我剛走過來他就不見了。」

「謝謝你們。」博士説着看看詹姆斯和派克，「非常感謝。」

「好了，派克，你們接着巡邏吧。」斯科特拍拍派克，「有事情還是要及時報告，注意安全。」

「是。」派克説完帶着人走了。

「我也回去睡覺了。」詹姆斯説完也走了。

甲板上只留下博士他們，博士低頭想着什麼。

「也許是個小意外。」斯科特走到博士身邊説，「也許你們那個雷達出了些故障。」

「出故障？可能性不大。」博士搖搖頭。

「我覺得那個和詹姆斯吵架的人很可能就是魔怪，它看見有人來了就跑了，所以雷達跳了幾下就沒反應了。」本傑明分析起原因來，「至於魔怪跑哪裏去了，我就不知道了。」

「嗯，是有這種可能。」博士點點頭，「另外厚厚的甲板和艙板也許會干擾幽靈雷達和保羅身上的魔怪預警系統……我們先回去吧，應該找到尤金太太了。」

大家再次進了船艙，剛拐進主通道，一個船員迎面走來。那個船員看見斯科特，頓時激動起來。

「斯科特先生，」那個船員上了年紀，看樣子很着急，「是不是我們遇到了危險，據説已經失蹤了六十個人了。」

「啊？」斯科特大吃一驚，「六十個人，你聽誰説的？」

「好多人都這麼説，是不是真的呀？」

「你説呢？」斯科特沒好氣地説，「我説迪克，你可

是老船員了，看好你的桌球房就行了，別的少管。要是你太閒着就來幫我們巡邏。」

「巡邏？還是算了吧。」迪克馬上轉身回房間，嘴裏嘟嘟囔囔，「我不想成為第六十一個失蹤者。」

斯科特無奈地搖搖頭，帶着博士他們離開了這裏。

「這個迪克是個老船員，以前是負責維護船上電器設備的。」斯科特走出主通道就對博士説，「現在他年紀大了，船長讓他負責第一層客艙的桌球房。」

「輕鬆的差事。」博士點點頭，「不過看起來有點人心惶惶，這可不大好。」

「也不是都像他這樣。」斯科特有些愁眉苦臉地説，「不過還是要快點破案。」

正在這個時候，他的對講機突然響了起來，裏面傳來一個非常急切的聲音。

「斯科特先生、斯科特先生，我是保安部……」對講機在反覆呼叫。

「收到收到，我是斯科特。」

「請你們速回保安部，請你們速回保安部。」

「收到，我們就在第一層，馬上到。」斯科特説完看

看博士，「可能有什麼急事，叫我們馬上去保安部。」

「那快走。」博士連忙説道。

幾個人向保安部跑去，誰也不知道發生了什麼事情。此時斯科特的心怦怦亂跳，他擔心的是也許又有人失蹤，這是他最不願意再遇到的事情了。作為一艘郵輪上的保安部門的總負責人，再也沒有比乘客連續失蹤這種事對他的打擊更大了。

斯科特第一個拉開保安部的門衝了進去，保安部副經理鄧尼斯和三個保安員正在這裏值班。斯科特一進門就看見沙發上坐着兩個人，其中一個他認識——失蹤的愛爾蘭乘客尤金先生的太太。尤金太太面容憔悴，坐在她旁邊的是一個陌生的男士。

「你回來了。」鄧尼斯立即站了起來，他看到了後面跟進來的博士等人，笑了笑，「你就是南森先生吧？」

「你好，很高興認識你。」博士説着和鄧尼斯握了握手，然後他又把自己的助手介紹給鄧尼斯。

「是這樣，我們正在找尤金太太呢，沒想到她自己找過來了。」鄧尼斯看着尤金太太對斯科特先生説，「剛才尤金太太來找我們，説有人看見她丈夫失蹤那晚曾經和一

個船員在一起⋯⋯」

　「是我看見的。」和尤金太太坐在一起的男子站了起來，「我叫赫爾⋯⋯」

　「你好，赫爾先生。」斯科特走過去和他握了握手，「我想我們最好去船長室談談，那邊安靜點。」

　的確，保安部裏面，對講機的聲音此起彼伏，那些在

外的巡邏隊定期匯報情況，令這裏顯得很吵。

　　聽到這話尤金太太站了起來，她和赫爾一起跟着斯科特走了出去，博士和助手們也跟在他們後面。

第五章　神秘的金髮人

到了船長室，斯科特簡單地向船長介紹了一下情況，船長馬上起身請尤金太太和赫爾坐下。

「尤金太太，剛才我們正在找你呢。」船長說完把博士拉到尤金太太面前，「這位是南森博士，他是一位……偵探，現在負責這個案子。」

「你好，夫人。」博士非常紳士地欠欠身子，「你的事情我都知道了，我一定全力以赴幫助你的。」

「你？你能找回我丈夫嗎？」尤金太太帶着哭腔問道，她有點激動，「我現在不知道該怎麼辦了……」

「我會把事情搞清楚的。」博士連忙安慰她，「你要配合我們……」

「那天晚上我見過尤金先生，尤金太太要我來告訴你們。」沒等博士問，赫爾就站了起來，「那晚我看見尤金先生和一個船員在一起……」

「和一個船員在一起？」博士看看赫爾，「你慢慢

説，請盡量説得詳細點。」

　　旁邊的海倫拿出了一個小本子，她要詳細記錄一些細節，其實保羅此時已經開啟了他身上的錄音系統。船長室裏靜悄悄的，所有的人都看着赫爾，他也環視了大家，不過他不明白這種場合怎麼會有兩個小孩子在場。

　　「那天晚上我有點感冒，就去醫務室，在那裏我碰到了尤金太太。」赫爾開始了他的敍述，「我就問她，前幾天我在客艙通道聽到廣播裏反覆地説請尤金先生馬上回房間是怎麼回事，哪知道她一下就哭起來。」

　　赫爾剛説到這裏，旁邊的尤金太太又哭了起來。

　　「你是怎麼認識尤金太太的？」博士問。

　　「出海後的第二天上午……應該是16號，我在前甲板的船舷那裏認識了他們夫婦。」赫爾説，「我聽出了他們的愛爾蘭口音，我是瑞典人，但是祖籍也是愛爾蘭。於是我和他們夫婦談天，大家聊得很開心，他們夫婦還邀請我去他們的房間坐坐，不過我沒有去……」

　　在座的人都凝神傾聽着，尤金太太也止住了哭聲。

　　「尤金太太説那晚七點多，她丈夫用完晚餐後説要去吸煙室，此後就失蹤了。」赫爾説着聲音有點顫抖，「我

真是嚇了一跳，我還以為尤金先生聽到廣播就回去了呢，我就跟他説那晚我見過她丈夫。」

「你説見到尤金先生和一個船員在一起……」博士問，「幾點鐘見到的，在哪裏見到的？請講詳細點。」

「那天晚上七點多，我到船舷右側的露天甲板上去散步，外面風有點大，我待了兩分鐘後就進了客艙，準備回房間。」赫爾仔細地回憶着，「我一進來就看見尤金先生和一個船員有説有笑地迎面走來，當時的時間應該在七點半左右。」

「你為什麼能這麼確定這個時間呢？」

「我能確定，我看見尤金先生後直接回到我在第五層的房間，然後打開電視，一部連續劇剛剛開始，這部連續劇每天都是七點半開播的。」赫爾説完停頓了一下沒再説話。

「請你繼續。」

「我想他們也是要到甲板上去。他和那個船員談得很起勁，好像沒有看見我就走了過去，我也就沒有和他打招呼……」

「我丈夫是近視眼，他去吸煙室的時候沒有戴眼鏡，

説是一會就回來，沒那必要。」尤金太太連忙解釋道。

「那個船員……那個船員什麼樣子？」博士的話語有些急促。

「沒怎麼仔細看，大概五十歲左右，身高和我差不多，不到一米八，金黃色頭髮，皮膚很白……」赫爾努力地回想着什麼，「金黃色頭髮我記得很清楚，其他我記不大清楚了。」

「馬上找出所有船員的相片。」博士説着轉向船長，「我想你應該有這些資料。」

「當然有。」船長説着打開了自己的電腦，「這裏有所有員工的資料，一共是二百五十八名，要看一段時間了。」

「應該不難找，那人是金黃頭髮。」博士説着招呼赫爾來到船長的電腦前。

船長調出所有員工的資料，所有資料的右上角都有員工照片。他們一張張找了起來，重點是看那些頭髮是金黃色的員工。

所有頭髮金黃的員工都被赫爾否定了，最終他們沒有找到赫爾説的那個人，看來這條線索斷了。房間裏又陷入

沉悶之中。

　　過了一會，博士突然從船長的辦公桌上翻出那張郵輪的構造圖，他向坐回椅子的赫爾招招手，赫爾馬上走了過來。

　　「你能不能在這張圖上，給我指出你是在哪裏遇到尤金先生的？」博士説。

　　赫爾低下頭仔細地開始尋找，沒過一分鐘他就找到那個位置。

　　「在這裏。」赫爾指着圖上的一處地方説道，「從這條走廊出去，船舷右側的露天甲板。沒有風浪的時候露天甲板上有不少人散步。」

金髮人出現地點

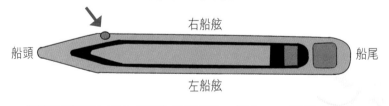

右船舷

船頭　　　　　　　　　　　　　　　　　船尾

左船舷

　　　金髮人和尤金先生的交談地點有什麼特徵？從中可以發現什麼問題？

「好，好。」博士點着頭記下了這個地置，「我想我該問的都問過了，你們可以回去休息了。」

「那我的丈夫呢？」一直沒有說話的尤金太太再一次提起了這個博士最不願意聽到的話題，博士認為尤金先生已經凶多吉少。

「我會盡力的。」博士非常嚴肅地看着舷窗外面，他不敢正視尤金太太那悲傷的眼神，「我一定會偵破這個案子。」

說最後這句話的時候，博士緊緊地咬了咬牙。

「那我們走了。」赫爾離開了桌子，「我送尤金太太回去。」

「好，不過你們最好不要再對其他人講尤金先生失蹤這件事，也不要說關於我在調查的事情。」博士特別地囑咐道，「沒有要事最好不要四處走動，更不要到露天甲板上去，尤其是晚上。」

「好的。」赫爾點點頭，然後他和可憐的尤金太太走了出去。

「露天甲板那裏是塊不祥之地。」赫爾和尤金太太走後，博士用手沿着郵輪結構圖上的露天甲板比劃了一下，

「明天一定要去仔細查查。」

「那、那我們現在該幹什麼？」本傑明也看着那張圖。

「繼續問，線索很多時候就是問出來的。」博士説。

「那我們該找誰呢？已經很晚了。」斯科特看看船長辦公室的掛鐘，上面顯示已是十一點鐘。

「有些失蹤人員的家屬就暫時不要找了，的確很晚了。」博士的話語似乎流露出充分的自信，他拍拍本傑明的肩膀，「要學會找關鍵。我沒記錯的話，多麗斯小姐的父親是外出散步時失蹤的，她父親沒説去哪裏，估計多麗斯小姐不可能提供什麼有價值的線索，她這邊可以先放一放。德科先生是獨自一人乘船的，能找到有關他的線索的可能性就更小了。而強尼先生的兒子去了桌球房，這可是有明確地點的。」

「可是我們已經調查過了。」斯科特説，「強尼先生的兒子去的桌球房，正是剛才我們上來時遇到的那個迪克負責的地方。我們拿強尼先生兒子的照片給迪克看，他説見過這個孩子自己在那裏玩了一會兒桌球，但他什麼時候走的就不知道了，我們的桌球房是免費開放的，乘客在規

定時間內想來就來想走就走。」

「雖然你們已經問過了，不過我現在又有了新的問題。」博士很認真地望着斯科特，「我想馬上見一下迪克。」

「這個沒問題。」斯科特抓起桌子上的電話就打給迪克，叫他馬上來船長室。

海倫和本傑明仔細地在一邊揣摩着博士的探案思路。船長給自己沖了杯咖啡，這兩天他筋疲力盡，當然不只他一個人是這樣。

沒過幾分鐘，門一下就被推開了，迪克冒冒失失地闖了進來。

「怎麼了？」迪克還沒站穩就喊起來，「船長也失蹤了嗎？」

「老迪克。」船長無奈地苦笑起來，「拜託你給我説點好話行不行？求求你！」

「噢……」迪克看見了船長，「對不起船長，沒想到你還健在，我以為……」

「好了好了。」船長連忙打斷他，看來這個迪克嘴裏説不出什麼好話來。船長指着博士説，「這位是倫敦

的……偵探南森博士，他需要向你諮詢一點事情。」

「我們見過。」博士走上前和迪克握了握手，「你在前天晚上見過強尼先生的兒子？」

「見過。」迪克有些疑惑，「斯科特先生中午已經問過我了。他大概是九點多來的，沒人和他打球，他就自己玩了一會，後來他就走了，但什麼時候走的我不太清楚。」

「你是否看見過一個頭髮金黃的船員和他在一起呢？」博士説，「頭髮金黃色，皮膚很白的船員。」

「沒有。」迪克開始努力地回憶，「但是你説的金黃頭髮的船員我好像見到一個，就在昨天晚上我的球房裏，不過我不認識他。」

「真的?!」沒等博士開口，一邊的船長就喊了起來，「你確定？」

「確定，是有個頭髮金黃的船員曾經在我那裏看人家打球，不過不是看強尼先生的兒子打球。」

「他長得什麼樣？」博士接着問，「你以前見過他嗎？」

「就是頭髮金黃，眼睛是藍色的。」迪克又想了想

71

說，「我不認識他，以前也沒見過他，我們這條船也是經常有船員辭職或新進的，兩百多個船員我不可能都認識……」

「看到他的照片你能認出他嗎？」博士打斷了喋喋不休的迪克，他朝船長笑笑然後指着電腦屏幕，船長馬上明白了博士的意思。

「能。」迪克回答得很乾脆。

「你對他印象很深嗎？」博士隨口問。

「有一點點吧。」迪克這次說話說得很慢，「那天他頭髮有點濕，好像剛洗完澡就出來了。」

「頭髮是濕的？」博士問道。

「是的，我看見他時離他很近……對了，他大概不到三十歲，反正比較年輕，噢，對了，他身高大概在一米八左右，比我稍稍高一點。」

「不到三十歲？」博士連忙問，「你肯定他很年輕嗎？」

「對，很年輕的。」

博士沒再說話，迪克說的金髮人和赫爾說的年齡上出入很大。這時，船長招呼迪克看所有船員的照片，大家關

注的當然還是那些頭髮金黃的人，不過看了一會他們還是一無所獲，迪克沒有在照片裏找到那個船員。

　　博士走到舷窗旁邊，看着外面的大洋默默地思考着，這時斯科特走到了他的身邊。

為什麼不能從員工資料照片中找到那兩個金髮船員？

「南森博士。」斯科特小聲説，他也看了看舷窗外面，外面幾乎是一片漆黑，「迪克沒有找到那個人。」

「知道了。」博士隨口説了一句，然後走到桌子那裏靠近迪克，「非常感謝你，你可以回去休息了，不過請不要對其他人講我在調查這個案子。」

「啊，好的，我知道。」迪克看看博士，又看看船長，「我走了，老西蒙你可要當心呀，否則你就變成第六十一個失蹤的了……」

「老迪克你又來了，你就不能説點好話嗎？」船長苦笑起來，「我和你説過沒有那麼多人失蹤，你快回去吧。」

「我是好心提醒你呀，我很不會説話嗎？」迪克嘟嘟囔囔地走了出去。

迪克出去後，大家的目光頓時又集中到了博士的身上。博士明白大家的意思，大家都想聽聽他的下一步安排。

「這個金黃頭髮的船員可是個重點。」博士不緊不慢地開了口，「本傑明，你説説為什麼兩個見到他的人都沒有從船員照片中找到他呢？」

「我想可能是什麼魔怪變成了船員。」本傑明好像對自己沒什麼信心，他說完後看看海倫又看看保羅，像是盼望得到其他人的認同。

「你說得對，我判斷這種可能性超過70％。」保羅支持本傑明的看法。

「可能性是很大。」博士點點頭，然後像在問自己地說道，「它是個什麼樣的魔怪呢？」

「現在我們該怎麼辦？」海倫忍不住問。

「我們下一步的行動就是——去睡覺！」博士突然狡猾地一笑，「今天我可是夠累的。」

「去睡覺？」船長叫起來，看樣子很着急，「那、那個什麼金黃頭髮的傢伙再出來怎麼辦？」

「你別擔心，只要加強防範就不會出事的。」博士又笑了笑，「我們睜着眼睛睡覺。」

「啊?!」船長更吃驚，「你們魔法偵探還有這種本事？」

「哈哈哈……」海倫和本傑明都笑起來，保羅笑得都趴了在地上，船長一時摸不着頭腦。

「開個玩笑。」博士收起了笑容，他走到斯科特身

邊，「請你通知所有巡邏隊注意一名金黃頭髮、皮膚很白、藍色眼睛的船員，他身高一米八左右，發現類似這種體貌特徵的船員，不管他是年輕的還是年老的，馬上跟蹤並立即通知我。」

這些話聽上去似乎是一種命令的口氣。

「好的，我馬上叫鄧尼斯通知所有的巡邏隊。」

「我們先回房間休息，明天早上搜索露天甲板。」博士像是對房裏所有的人下正式命令，「無論是誰，休息不好頭腦一定是混亂的，我要去休息了。」

「那大家先休息吧。」船長站了起來，「我們明天見。」

「明天見。」博士衝船長和斯科特欠欠身子，「你們也要好好休息，不要擔心，一切都會好起來的。」

博士的最後這句話似乎給郵輪上的兩位負責人吃了定心丸，不光是他倆，連海倫和本傑明也覺得博士找到了什麼線索。

第六章　金髮人再現

博士帶着助手們離開船長辦公室向自己的房間走去，他後面的海倫和本傑明邊走邊嘀嘀咕咕的，説着什麼。

「你們兩個在我背後議論什麼呢？」博士回過頭假裝生氣地説。

「沒、沒什麼。」本傑明馬上説。「我對海倫説你好像有了什麼發現，如果你一籌莫展是不會這麼主動地去休息的。」

「我是累了呀。」博士説，「你們也要好好休息，明天要做的事情多着呢。」

「是是，不過你有什麼發現嗎？」海倫問。

「還沒完全理清頭緒。」博士用食指指着自己的腦袋，「不要着急，你們自己也要多想想。」

到了自己的房間，博士洗漱過後倒頭就睡，不過睡前他還是提醒保羅開啟他的魔怪預警系統。

保羅沒有睡覺，他精神好着呢，不過他也沒什麼事做，一直趴着沒動，誰也不知道他在想什麼。

另一個房間裏的海倫可沒有博士那麼輕鬆，她一直在梳理着這一天中她碰到的所有事情，對這個案件她還沒有什麼很清晰的思路，但由於太累，海倫想了沒一會也睡着了。

同樣地，本傑明也很快地進入夢鄉，在夢境裏他一直在大戰各種魔怪，有時輸有時贏——他的夢很公平，沒有一邊倒。本傑明這次最大的收穫就是乘坐了「鶚」式飛機，最大的遺憾就是弄髒了人家的駕駛艙後座，最有趣的是遇見了和自己同名的人。

做魔法偵探的確神奇，上午他們還在陸地上的倫敦，現在他們卻已經睡在兩千多公里之外的一艘行駛在北大西洋上的郵輪裏，對於他們來說，什麼奇怪的事都可能遇到的。

「大西洋之星」號郵輪外面，風浪依舊，自從出現乘客失蹤的情況後天氣一直時好時壞，不過總的來說還是不好，烏雲和大浪始終伴隨着這艘孤獨的豪華郵輪。而距離這艘郵輪西南方向一千六百公里處的大西洋海底，另一艘

著名的客輪——鐵達尼號就靜靜地躺在那裏。

船長腦袋一直是昏昏沉沉的，他準備晚上好好休息一下，他認為博士已把什麼都安排好了，心裏踏實了許多。

斯科特到了保安部，把剛才船長室裏發生過的事情大致告訴了鄧尼斯，並且要他通知所有在外巡邏或即將出巡的人員，注意一個金黃色頭髮的船員。

這時，已將近午夜十二點。

整艘郵輪上，按照斯科特的吩咐，巡邏的隊伍增加了許多。郵輪的上上下下各層甲板到處都是警惕的眼睛。巡邏的隊伍嚴格地保持着一定的距離，那些臨時被斯科特找來出任「臨時保安」的船員，也在非常認真地完成自己的臨時任務。他們都知道郵輪上的所有人——乘客和船員正在受到人身安全的威脅，大家的心裏也很不安，但是大多船員尤其是那些保安員都知道，只有首先戰勝自身的恐懼，才能戰勝那個隱藏着的威脅！

巨浪一刻不停地使勁拍打着郵輪的船身，那些巨浪看上去不懷好心，它們似乎想掀翻這艘巨輪。因為有烏雲的阻擋，海上幾乎是漆黑一片，沒有一絲光亮。由於自身龐大的體積及設計師的高超設計，「大西洋之星」號在海浪

中的晃動不大，彷彿在嘲笑那些巨浪的徒勞無功，但這也激怒了那些巨浪，使它們更加一波又一波洶湧不停地撲向郵輪。

不遠處，一團怪浪在海面上時上時下，翻滾着、尾隨着孤獨的郵輪。

「大西洋之星」號保安部的「大本傑明」——就是那個名字和博士的助手本傑明一樣的保安員，被安排了夜間巡邏任務。剛才巡邏過後，他所在的巡邏組還要在凌晨一點半及三點半進行巡邏，他們所負責的區域主要是第一層的露天甲板和第一層甲板下的船艙，每次巡邏所需時間大概有一個小時。

對上述區域進行巡視的不止是他們一個巡邏隊，他們剛才巡邏的時候還碰到了其他的巡邏隊，這種情況是以前沒有過的，現在巡邏隊的人數和巡邏密度明顯增加了。所有巡邏隊都被告知船上有危險，要保持警惕，因此他們不再像以前那樣邊聊天邊行進了。

上一次的巡邏中，「大本傑明」碰到了上司斯科特帶着一個灰白鬍子老頭和兩個小孩。「他們是幹什麼的呢？居然還帶着一條滑稽的小狗。」「大本傑明」心想。

　　此時已經快一點半了，他整裝出發。這個巡邏隊在第一層甲板的船員休息室集合完畢後，「大本傑明」看看手錶，衝其他三人做了個出發的手勢，他是這個隊的領隊。

　　他們的行進路線是先從第一層客艙出去，上露天甲板巡邏，然後在進入甲板下方的底艙巡視工作區，最後原路返回。

　　客艙裏一切正常，「大本傑明」心想大部分乘客一定都睡着了。他走到了客艙左側的門口，推開客艙門，外面就是郵輪左側甲板了。

　　「保安部保安部。」他拿出了對講機，他的另一隻手拿出個手電筒，「我剛剛走出第一層客艙左門到達左船舷甲板，一切正常。」

　　「收到收到。」對講機裏傳出聲音，「注意安全。」

　　「是。」「大本傑明」放下對講機，打開手電筒對着甲板照起來。

　　此時外面的雨小了很多，一股股海風吹了過來，使「大本傑明」感到非常冷。三月的北大西洋海面氣溫很低，海面上的浪似乎比剛才小了一些。不過「大本傑明」

還是感到有微微的晃動。此時船上一片寂靜，前兩天可不是這樣，凌晨三點各個娛樂場所還都熱鬧異常，歌聲舞曲傳向遙遠的星空。而現在只有天上的雲層在夜晚黑暗的大洋上飄動，它們似乎想搞明白這艘前兩天還燈火通明的郵輪，現在怎麼暗淡了這麼多。

「大本傑明」回頭衝他的同伴揮揮手，四支手電筒射出的光亮在甲板上晃動。他們要繞船一周，此時他們先往船頭的前甲板走去。

「本傑明。」排在「大本傑明」後面的一個隊員向前快走幾步，「天氣真冷呀。」

「是很冷，喬治，保持距離。」

「看你那認真的樣子，不會被嚇壞了吧。」叫喬治的保安員嬉笑起來，「你不要聽老迪克胡說什麼失蹤了六十個人，我不信……」

「我也不信。」「大本傑明」回頭說，「不過不要大意。」

說着他們已經走到了前甲板，「大本傑明」用手電筒先照照甲板左側，沒有發現什麼，他又向右側照去，突然，一個身穿短大衣的乘客被他的手電筒光柱鎖定，位置

在後甲板右側船舷處。

「什麼人？」「大本傑明」頓時緊張起來，他大喊一聲。

「快來呀，快來呀。」那人一下轉過身子，他本能地用手臂擋住射來的手電筒光，「出事了！」

「什麼事？」「大本傑明」慢慢地接近那個人。

「好像有人落水了。」那人着急地說。

「保安部保安部！」「大本傑明」按照事先匯報的指示拿起對講機，由於海浪聲很大，他對着對講機大喊起來，「我在船舷右側靠船頭約三十米的地方，發現好像有人落水，請馬上支援。」

「啊?!」那個人聽見「大本傑明」的話叫了一聲。

「怎麼了，本傑明？」後面的喬治也趕到了。

緊接着接連又出現了兩個打着手電筒的人，四個保安員都保持着一定的距離，四支手電筒光直射向那個人。

「啊，可能是我看錯了。」那人邊走邊說，「可能是我看錯了。」

說着那個人一下就跑了起來，向右側船舷跑去。「大本傑明」立即追了上去，他用手電筒鎖定了那個人的頭部

和後背。

「啊？金黃色頭髮！」「大本傑明」想起了什麼，他大喝一聲，「站住！」

那個人一下就消失了，消失得無影無蹤。「大本傑

明」又往前跑了幾步，沒看見那個人，不過他隱約聽到水面發出「撲通」的一聲。突然，船舷右側的客艙門一下就被推開，這把他嚇了一跳，裏面衝出的是另一組巡邏隊。

「你們看見一個人跑進去了嗎？是個穿短大衣的

人。」「大本傑明」抓住第一個衝出來的人開口就問。

「沒有人進客艙呀。」那人說，「我們接到增援報告就來了，沒有人進客艙。」

「怎麼一下就不見了呢？」「大本傑明」站在那裏呆住了，不過他很快醒過神來，招呼後面趕上來的同事對甲板進行全面搜索。

博士剛剛睡下一個小時，就被保羅叫醒了，保羅告訴他外面好像有什麼事情發生，他聽到了一些動靜。這時急促的電話響了起來。

電話是斯科特打來的，他請博士他們馬上去船長辦公室。在接到電話後的五分鐘後，博士和他兩個睡眼惺松的助手就出現在船長辦公室裏。

船長室裏，船長、斯科特都在，「大本傑明」正對船長說着什麼。

「怎麼了，船長？」博士一進來就問。

「南森博士。」斯科特看見博士進來，便一把抓住了他的胳膊，博士抽了口氣，有點痛，「你安排得很好，剛才發現有個什麼東西想襲擊巡邏隊⋯⋯可能是那個魔怪⋯⋯」

「到底怎麼回事？」博士預感到了什麼似的，急切地問道。

「你快把剛才的事情跟博士說說。對了，這是大偵探南森博士……他是魔法偵探，負責這次的事件，後面的是博士的助手海倫和本傑明，他和你名字一樣。」船長拍拍「大本傑明」的肩膀給他介紹。

「大本傑明」終於明白為什麼這些人之前在他們相遇時對他笑了。他馬上把他剛才遇見的事情跟博士說了一遍，博士聽着聽着眉毛就皺了起來，表情嚴肅。他的兩個小助手此時已經完全清醒了。

「看來那個傢伙沒閒着呀，什麼有人落水？明明是想把人騙過去。」博士聽完「大本傑明」的講述，稍微沉思了一會說，「還好我們防備得當。對了，他樣子怎麼樣？」

「大概……應該是一個中年人，穿着短大衣，個子不高，有點胖。」

「嗯，我知道了。可是他們都是金頭髮。」博士說道，對於眾人描述的那男子外貌上的差別，博士已不再感到吃驚。「詹姆斯和派克遇到的那個男子看來……」博士

頓了頓，繼續說道，「幸好派克他們人多並及時出現，否則詹姆斯有可能成為下一個受害者呢，不過看上去那個傢伙也不想搞出太大動靜。」

「博士，我想……」海倫有些猶豫地說道。

「你想到了什麼，快說說。」博士用鼓勵的眼神望着海倫。

「證人所提供的男子外貌都不同，那麼有可能是這艘船上有好幾個魔怪；還有一個可能是只有一個魔怪，但這魔怪它很會變化，矇騙乘客時變身船員騙取信任，矇騙巡邏隊時又變身乘客。」海倫慢慢說道，「那個廚師長詹姆斯下班後穿的是便裝，它以為是乘客就變身船員，後來巡邏隊一來馬上跑了。但它唯一不變的是它的金髮和白皮膚。」

「那麼你認為是有幾個魔怪呢，還是只有一個會變化的魔怪？」博士問道。

「肯定只有一個，如果有好幾個的話，那麼這艘船上就不止失蹤六個人了。」本傑明在旁說道。

「很好，你們分析得很好。」博士用讚許的語氣說道。

「有道理有道理……我還覺得那個傢伙可能想在船舷那裏把巡邏的人推下海。」斯科特説話的時候有點激動，「不過它沒想到本傑明後面又接連跟上來三個人，尤其是本傑明首先用對講機呼叫支援，它沒有機會下手。」

這時候斯科特看博士的眼神都充滿感激，是博士的精心安排才救了他的手下。

「那我們現在該怎麼辦？」船長看看舷窗，此時外甲板上比較熱鬧，有三十多個保安員在進行搜索，手電筒光晃來晃去，船長指了指外面，「外面還在搜索。」

「我想想。」博士習慣性地推推眼鏡，然後走到「大本傑明」的旁邊，「你説聽到『撲通』的一聲，是水面發出來的嗎？」

「這個……我不能非常肯定，大概是吧，説實話我有點慌，當時的場面也有點亂……它一下就不見了。」

「嗯。」博士抱着雙手走了一圈，走到船長面前時他停住了，「請聽我的安排……」

「請説。」

「首先，撤回甲板上的人員。」博士開始了他的安排，「甲板空空蕩蕩，它無法藏身。」

「它可能隱形嗎?」海倫問。

「它肯定沒這種本事,要不這條船上失蹤的人可能不止六個人了,這也是我沒有讓海倫用幽靈雷達搜索第一層露天甲板的原因。」博士低着頭説,他又想了想什麼,然後抬起頭看看窗外,「人員全部召回,封閉所有出入露天甲板的大門,如果有乘客想出去,就告訴他外面風浪太大,大門暫時關閉,船長先生最好馬上做這項安排。」

「好的。」船長抓起了電話。

「看樣子這傢伙是魔怪無疑了。」博士説,「現在我們要進行一次搜索,我帶着保羅和斯科特先生一組去搜索郵輪上部,海倫和本傑明帶上幽靈雷達和保安部的這位本傑明先生搜索郵輪下部。」

「它溜進客艙了嗎?」「大本傑明」問,他聽説剛才遇上的那個人就是魔怪,大吃一驚。

「不大可能,但我們要以防萬一。」博士走到他的助手旁邊,「你們用幽靈雷達去郵輪下部搜索,發現那個魔怪千萬不要硬拼,先纏住它。」

「是!」

「如果他倆遇上魔怪,你馬上用對講機通知斯科特先

生。」博士指指他的助手對「大本傑明」説，他又看看斯
科特，「不管誰遇到魔怪都要用對講機互相通知。」

「這是肯定的。」斯科特回答道。

「那我們馬上出發。」

一大一小兩個本傑明和海倫出了船長室，取了幽靈雷
達後，就向郵輪的船艙下部跑去。

博士和斯科特則直接帶着保羅，對郵輪上部進行搜
索。大概過了半個多小時，兩組人員又都回到了船長室

——他們一無所獲。

此時的郵輪通向外部甲板的大門已經被完全封閉，由專人看守，不過也沒有什麼乘客要半夜到外甲板上去。

「它不在外甲板也不在船艙內，那它在哪裏？」海倫和本傑明先搜索完下部船艙回到船長室，她端着一杯船長給她沖的咖啡，看見博士回來馬上就問道。

博士找了把椅子坐下來，剛才急匆匆的搜索讓他有點累。

「它纏住了這條船。」博士沒有正面回答海倫，「不過根據剛才的搜索情況看，它不在客艙裏，這不是個壞消息。」

「我們該怎麼辦？」本傑明問道，他看看牆上的掛鐘，上面顯示的時間是凌晨兩點。

「回去睡覺。」

「啊？你不擔心那個傢伙……我是說那個魔怪再出來？」船長吃驚地問。

「那個傢伙天亮前再出來的可能性很小了，我回去整理一下思路，有事馬上通知我，船艙裏的巡邏要不間斷，天亮後我會去甲板上找答案。」

第七章　關鍵的線索

看上去胸有成竹的博士帶着他的助手向房間走去，他確實想好好地休息，頭腦睏得發暈的時候他沒辦法梳理思路。博士堅信，現在他能平穩地睡到早上不再被打擾。

果然如此，那個魔怪沒有再出來，天亮後保安部的人解除了對船艙的封鎖。晚上有些乘客已經被驚動了，現在這條船上的乘客除了一些膽子很大的，都感到有些恐懼。

博士可算是好好睡了一覺，早上八點多他才醒。他起來後沒有去叫醒本傑明和海倫，博士想讓他們多睡一會，他們畢竟是孩子，而且昨天肯定都很累。

「我們一會就要去甲板上找線索嗎？」保羅看着正洗漱的博士問。

「對，待會可要看你的了。」博士一邊用毛巾擦臉一邊說，「魔怪害人的第一現場還沒找到，我們昨晚搜索的只是艙內。根據現在了解的情況，第一個失蹤者尤金先生應該是被帶到露天甲板上去了。」

「什麼都逃不過我這套設備。」保羅一向最得意的就是自己一身的高級設備。

門外傳來了敲門聲，博士馬上過去開門，進來的是斯科特。

「沒有打攪你吧？」斯科特關切地問，他現在非常佩服博士，他覺得這個著名的魔法偵探果然名不虛傳，辦事非常有條理。

「沒有，你睡得怎麼樣？」

「很好，這兩天我可是真累呀。」

「你是來問博士今天的工作安排的吧，請講。」保羅衝斯科特搖搖尾巴，他可沒有人類那些客套，博士從來就沒有給他輸入此類程式。

「你真夠聰明。」斯科特看看保羅，俯下身來説。

「一會兒我們去甲板上，你最好跟我們一起去。」博士擦擦眼鏡片，然後把眼鏡戴上，「讓那些忙了一晚上的巡邏人員好好休息，白天那個魔怪不大會出來。」

「好的。」

「外面的風浪好像不大了。」博士向舷窗外看了看，「雨也停了。」

斯科特也看看窗外，説道：「風浪小了，但是烏雲還沒有散，是陰天。」

「放心吧，烏雲會散的。」博士看着外面的大海，他説出的這句話意味深長。

又過了半個多小時，博士和他的兩個小助手帶着保羅出現在露天甲板上，斯科特跟在他們身邊。這是博士他們登船以來第一次在白天踏上露天甲板，海倫和本傑明一出艙門就爭先恐後地跑到船舷護欄那裏，手扶護欄向遠處眺望。大西洋海面波濤翻滾，翻滾的海浪和它發出的沉悶的聲響主宰着整個洋面。

甲板上只有幾個有任務的船員在走動，沒有見到一個乘客的身影。剛剛出海時情況可不是這樣的，斯科特説那天甲板上擠滿了乘客，好多人還把椅子搬上甲板，坐在那裏欣賞海面無限的風光，當然，那幾天天氣很好。

博士也跟着本傑明他們來到護欄前，他向下看看翻騰的海浪，然後退到了客艙門口，睜大眼睛掃視着甲板，保羅寸步不離地跟着他。斯科特站在博士旁邊，他知道博士現在正在思考問題，所以也沒有説話打擾他。

博士再次走到了船舷那裏的護欄邊，雙手抓住護欄。

突然他把頭從護欄的空隙探出了船舷，努力向下看着什麼，斯科特和海倫連忙扶住他，生怕他掉下海。

「不用抓不用抓。」保羅在一邊笑起來，「他會游泳。」

「老保羅你亂開玩笑。」海倫瞪了保羅一眼。

博士當然不是要跳下去，他看了看下面的情況就縮回了頭，然後轉過身子，沿着船舷護欄向船頭方向走去。海倫等人連忙跟着他，博士一直沒有説話，這是他深入思考時的一個特徵。

只見博士健步如飛，很快在右側船舷靠船頭幾十米的地方停住。突然，他拿出一個小本子看了看，這個小本子上記錄着案件的一些線索細節，博士合上本子衝斯科特招招手。

「斯科特先生，斯科特先生。」

「博士，什麼事？」

「昨天你們保安部的本傑明先生看見有個傢伙説有人落水，是不是就在這裏？」博士指着他站立的地方問道。

「他報告説距離船頭約三十米。」斯科特想了想説，「在郵輪的右舷……對，就是這裏。」

「好，這裏是今天的重點搜索區域。」

博士低頭看看保羅，説着走到了船舷的護欄那裏，然後用手比劃了一個圈，「老伙計，開啟你的『光目』系統，對這個區域全方位掃描一遍，一定要仔細地找。」

「放心吧。」保羅搖着尾巴走到博士指定的地方，開始了他的工作。

斯科特好奇地跟着保羅走了兩步，保羅看見有人跟着他，好像很不滿意，他停下了腳步。

「喂，我説什麼什麼經理，」保羅扭過頭看着斯科特，「不要妨礙我工作，要不讓你來找。」

「你來你來。」斯科特連忙後退兩步，「我可不會。」

「保羅的『光目』系統具備透視、放大、紅外線掃描等多種功能。」博士笑着走到斯科特身邊説，「這些功能主要針對的是那些魔怪作案後留下的蛛絲馬跡，他的系統全部是特製的。」

還沒等博士説完，斯科特就看見保羅的眼睛裏突然射出兩道紅色的光線，它們不停地在船舷甲板和護欄處來回掃射。突然，兩道紅色光一下變成綠色，甚至微微發出

「嘶嘶」的聲音。

「真是不可思議。」斯科特自言自語道,「兩眼冒光有紅有綠,我是沒他這個本事。」

一直站在博士身邊的海倫聽到這話直想笑。

突然,保羅盯着一根護欄不動了,眼中放出的綠光鎖定了一個地方。

「博士快來,」保羅喊起來,「這裏有個東西。」

博士馬上走了過去,保羅的頭一動不動,博士看了一下,保羅眼裏的綠色光柱鎖定在一根豎立着的護欄上,距離甲板平面大約一米多的地方。這條船上的船舷邊所有豎立着的護欄都是圓柱形的,直徑有十二厘米,橫着的護欄要細一些,有八厘米。

「這裏有個什麼東西,像一根細線。」保羅的眼睛依然盯着那個地方。

博士拿出一個放大鏡和一把小鑷子,在保羅指引的地方夾了一根黏住護欄的細線狀的物體,這個物體呈褐色,大約三厘米長,兩毫米寬,博士把這根細線裝進一個小塑膠袋交給海倫,目前他也不知道這是什麼。

「這裏還有一根。」保羅説着又用綠色光柱,鎖定了

剛才那根細線狀物體提取處再向上三十厘米的一個地方。

博士找到保羅鎖定的地方，又用鑷子夾了一根細線狀物體。這個物體也是褐色的，比剛才那根還要短，博士又找出個塑膠袋把它放進去，然後交給海倫。

「像是什麼東西的組織纖維。」保羅看到博士把那兩根東西處理好以後說，「不過不是人類的，一會用我身上的設備測一下。」

「好的。」博士把鑷子放回口袋裏。

「還有兩處有疑點的地方。」保羅得意地搖起尾巴，他的頭朝發現不明物的那根護欄晃了晃，「這邊好幾根護欄上，不管橫的豎的都有一些擦痕，我看了一下，這些擦痕都是近幾天的痕跡。」

聽到這話，博士連忙再走到保羅說的地方，彎下腰仔細地看起來。的確，他發現好幾根護欄，尤其是那些橫着的護欄都有擦痕。斯科特也湊了上來，即使沒用放大鏡，他也看到一些擦痕。

「所有的擦痕看上去都像是新的，橫護欄的擦痕比豎護欄的擦痕深。」博士邊看邊說，「老伙計，你去看看其他地方的護欄有沒有這種痕跡。」

保羅連忙去其他地方搜索，博士蹲在地上一聲不響，又陷入深思之中。

斯科特他們圍在博士身邊，大氣都不敢出，生怕影響到博士。博士一動不動地蹲在甲板上足足有五分鐘，然後

101

他又拿起放大鏡仔細查看起來。

「博士，附近的護欄都沒有什麼類似的擦痕。」保羅對附近的護欄搜索了一遍跑了回來。

博士沒有說話，一根接着一根地觀察着那些護欄，突然他在一根豎着的護欄旁停了下來，這根護欄的位置就在提取細線狀物體護欄的旁邊。

「你們來看看。」博士招呼斯科特他們，「這是什麼痕跡？」

斯科特透過博士的放大鏡發現，在那根護欄距離甲板一米多高的地方，有幾個被敲擊後凹陷的小坑。這些小坑都是條形，長度約有三四毫米，寬大概只有一毫米，沒有放大鏡的幫助還真難發現。

海倫也看到了這些小坑，但是她不知道這意味着什麼。

「那邊兩根也有。」博士用手指了指另外兩根護欄。

本傑明跑過去看了看，確實發現了同樣的小坑，不過用肉眼很難看清。

「像是什麼東西敲過的。」斯科特說。

「我剛才也看到了這種小坑。」保羅湊上來說，「不

過我覺得這好像沒什麼，可能是誰不小心撞的。」

「老伙計，你怎麼也馬馬虎虎的了？」博士拍拍保羅的腦袋，「任何痕跡都是不能錯過的。」

海倫也拍拍保羅的頭說：「怎麼跟本傑明一樣，馬馬虎虎的。」

「我抗議你什麼事都扯上我！」本傑明很生氣，差點跳起來。

「好了好了。」博士連忙制止他倆，「以後再吵，有的是機會。」

海倫和本傑明都不說話了。保羅耷拉着頭，不那麼得意洋洋了。

「老伙計，你來看看這些痕跡的形成時間。」博士對保羅說。

保羅看到自己又「受到重用」，馬上走到一根護欄旁邊，對着博士指着的地方又是掃描又是探測。

「新的，新的！」保羅回頭看看博士，「百分之百是最近幾天形成的，最多不超過七天，大概是金屬敲擊造成的。」

「都是新的？」博士好像不相信。

「是的。」保羅的語氣非常肯定。

博士站起身來，他的目光看着遠方，眼光裏露出一絲興奮的光亮，大洋上烏雲似乎正在逐漸退去，博士長長地吐出一口氣。

「我想我們找到了一些關鍵線索，現在我們去船長室檢測一下剛才提取的那兩根線狀物，看看到底是什麼東西。」博士說，「這裏的風還是挺大的呀。」

博士一行離開了露天甲板，來到了船長室。船長知道他們一早就要到甲板上去搜索線索，所以一直在船長室裏等着。由於好好地睡了一覺，船長的臉色紅潤多了。昨晚博士準確地預料到那個魔怪還會襲擊巡邏隊員，制訂了相應的計劃，從而避免了一場新的災禍，船長很高興。

「你們來了。」一看見博士，船長就站了起來，「怎麼樣，有收穫嗎？」

「收穫不小呀。」沒等博士開口，斯科特就搶過話說，「至於有怎樣的收穫我就不知道了。」

「是有一些收穫。」博士笑着說道，「要借你的地方做個小小的科學實驗。」

「做實驗？」船長有點為難，「不過我這裏沒有實驗

器材呀。」

「用不着。」本傑明笑了起來。

「看我的。」保羅説，他的話音剛落，背上就升起一個小小的平台。

船長和斯科特吃驚地看着保羅背上升起的那個平台。在他們驚異的眼神中，博士從海倫手裏接過兩個裝着細線狀提取物的塑膠袋，然後小心翼翼地用鑷子將兩根細線放到那個平台上。

「好了，老伙計。」

放着兩根細線的平台慢慢地收進了保羅的後背。保羅有條不紊地操作着這一切，他對這種操作早就熟門熟路了。

「請稍等片刻。」保羅閉着眼睛，好像在享受他的工作，「我要全面檢測。」

足足等了五分鐘，保羅的後背再次升起那個平台，那兩根細線狀物體依然放在上面。

「好了。」保羅説道。

這次是海倫用鑷子將那兩根細線分別放進兩個塑膠袋裏。

　　「你來讀讀數據吧。」保羅後背收起了平台後，翻轉上來一台電腦顯示熒幕，上面出現了好幾排字幕，「看來我們真是要好好對付它們了。」

　　「我來看看。」博士蹲下去看着那電腦熒幕，他看到那些字幕後差點跌坐到地上，「老天爺呀，好大的傢伙呀⋯⋯果然是聯手作案呀⋯⋯」

　　「什麼什麼？」本傑明和海倫也湊上去。看到熒幕上的字後，兩個孩子也頓時坐到了地上，目瞪口呆。

　　「你們不要怕。」博士拉起海倫和本傑明，並且看了看在一邊有些發呆的船長和斯科特，「我想我明白是怎麼回事了，不要慌，我有辦法對付它們。」

第八章　金髮人落網

夜幕再次降臨，這個夜晚好像來得特別的早，大概是因為從下午開始天空又烏雲密布的緣故。

豪華郵輪繼續向哈利法克斯駛去，它的船首劈開巨浪全力向前，好像是要以最快的速度到達前方目的地。

整個船艙裏仍舊沒有剛剛出海那一天熱鬧，不過所有的遊樂場所已經全部重新開放，就連前幾天一度關閉的電影院和舞廳也恢復營業，儘管裏面的客人寥寥無幾，服務生多過前來光顧者。不過整體看來，夜幕中這艘船上的燈光要比前一天明亮了很多，也漂亮了很多。

在第一層露天甲板上，可以隱隱約約地聽到一陣陣的舞曲聲從船艙的舞廳裏傳來，夜已經很深了，但是舞會好像還沒有散場。

這時，有一個老年人孤獨地在甲板上走着，他的步伐很慢，像是有什麼心事。

海上的風浪還是比較大，一陣風吹過來，把這個老

者的頭髮吹亂了，他用手理理頭髮，依然在風中孤獨地走着。

突然，遠處幾束光柱罩住了這個老人，一支巡邏隊排着隊靠了過來，幾個隊員相互間都保持着一定距離，還都拿着對講機和手電筒。

「你們亂照什麼？」老人非常生氣，「你們就是這樣對待乘客的？」

「噢，不好意思。」巡邏隊的領隊走了過來，這個人正是斯科特，他站到那個老人面前，「老先生，都快十二點了，你怎麼還在這裏？」

「你們有規定乘客午夜要回客艙嗎？」那個老人怒視着斯科特，「買船票的時候怎麼沒告訴我們呀？」

「沒有沒有。」斯科特陪着笑臉，「你誤會了，我是説甲板上風浪太大，小心着涼。」

「用不着你操心，我今天心情不好。」老人氣呼呼地説道，「我就待在這裏，不用你管。」

「那好那好。」斯科特説着向後面的幾個隊員揮揮手電筒，「那我們走了，打擾了。」

斯科特帶着隊伍走出去三十多米後，把對講機舉到嘴

邊。

「保安部保安部，露天甲板一切正常。」斯科特在匯報巡邏情況，由於有風浪聲，他的聲音很大，「右舷甲板上有個老年乘客在散步。」

「收到收到，不要管他。」對講機裏馬上傳出回答，「注意安全，注意安全。」

那個老人見巡邏隊走了，繼續在甲板上散步。此時甲板上除了風雨聲和他相伴，沒有其他人走動了。就這樣過了十幾分鐘，突然，從他身後走過來一個船員。

「老先生，你一個人在這裏呀？」那個船員非常熱情地問道，「風很大，要小心身體呀。」

「多謝。」老人回頭看看那個人，「我今晚睡不着覺。」

那個人走近以後，老人努力借助客艙透出的燈光看清楚了他的樣子。這個船員臉很白，頭髮金黃而且是濕的，像是剛剛洗過頭，他的眼睛很大，身高在一米八左右。

「我也睡不着覺，到甲板上來看看。」那個船員説道，「風稍微大點不過空氣不錯，艙裏有點悶，別看我們

這是豪華郵輪。」

「你是……」老人問道。

「我是這條船的引航員，現在不是我值班。」那個船員説，「我叫菲爾，我一看你就是一位受人尊敬的老人。」

「啊，謝謝。」老人好像喜歡被人奉承，他笑了一下。

「剛才海面上有海豚躍起。」引航員菲爾突然説道，「你看到沒有？」

「什麼？」老人感到很吃驚，「有……海豚？」

「是呀，有好幾條呢，牠們跟着我們的船跳躍。」菲爾説着碰了碰老人的胳膊，「走呀，我帶你去看，牠們肯定還在，那場面很壯觀的。」

「能看見嗎？」老人説着和菲爾走了幾步，「天很黑呀。」

「走吧，我都看見了，船上的光映到海面，能看見的。」菲爾乾脆拉起老人的手臂，「快跟我來，海豚可不是隨便就能看到的，我們到護欄那邊去看。」

菲爾帶着老人向右舷靠近船頭的方向跑去，他倆離那個曾經提取到細線狀物體的護欄越來越近。突然，老人站

在原地不動了，並一把抓住了菲爾的手。

「你是引航員菲爾？」

「是呀。」菲爾很費解地回答。

「你不是想把我引向死亡吧？」

「啊？」菲爾似乎預感到什麼，急於想掙脫這名老者，但是他被死死地抓住了，「我，我不知道你在説什麼。」

「你欺騙乘客時變成船員，這樣容易使乘客放鬆戒備；而你欺騙船員的時候就變成遊客，因為你怕船員識別出你是假的；今天凌晨你假稱有人落水想加害巡邏隊隊員，但是沒得手。」老人冷笑着説，此人正是博士，他用手指着不遠處的護欄，「你每次都是把人騙到那裏弄下海，我説的對嗎？」

「你是誰？」菲爾開始用力揮動手臂，想甩開博士那如虎鉗般緊緊扣住他的手。

「剛從水裏上來，把頭髮吹乾再出來騙人吧。」博士死死抓着菲爾的手臂，看着那個傢伙的頭髮，帶着嘲笑的口氣説道，「不然會露出破綻。」

「我不知道你説什麼。」菲爾好像很生氣，「你放開我。」

　　「你一共害了六個人了。」博士突然怒視着他，「你說我能放手嗎？」

　　「你別怪我不客氣！」菲爾突然兇相畢露，舉起另一隻沒被抓住的手向博士猛擊過去。

博士輕鬆地將他的手擋開，然後隨手向菲爾揚出一把魔怪顯形粉。頓時，菲爾的一身船員衣着立刻不見了，只見一個渾身流淌着發臭的黏液、大體類似於人形的魔怪顯出了原形。這個魔怪顯形後的身體一下也縮短了將近半米，貌似猿猴，大蛙眼、犬鼻，嘴巴很大，四顆尖牙外露，看上去攻擊力極強。魔怪的後背和四肢上還布滿了綠毛，它的雙腿顯得比較粗壯，雙腳很像鴨腳蹼。

這個魔怪的左腿和腰上還各有一個比硬幣稍大的洞，好像是貫通的；此外他頭上耷拉下來好幾縷長長的金黃色的頭髮，而且還是濕的。

「典型的水鬼。」博士説着就抓住了他的另一隻手臂，這個傢伙兩手都只有四個手指，博士近距離看見了水鬼暴露並交錯的尖牙，「還有食人的嗜好！」

「你以為可以抓得住我嗎？！」水鬼狠狠地瞪着博士並使勁想甩開博士的手臂，博士被他猛地一甩差點鬆手。水鬼的手臂有非常滑的黏液，博士都快抓不住了。

「摩擦掌心！」博士唸了句口訣，他的手掌一下就長出無數凸起物，這下他可以死死地扣住水鬼的手臂。

「去死！——」感覺到自己被扣死，水鬼張嘴就朝博

士的脖子咬去。

「本傑明，快——」博士馬上躲避，被水鬼咬上一口可不得了，他大喊起來。

「來、來了——」客艙門一下打開，「大本傑明」打開了艙門剛想出來，不過他剛看見那個水鬼就嚇壞了，站在艙門口哆哆嗦嗦，前進也不是後退也不是，「叫，叫我幹什麼？」

「不是你，我叫本傑明呢。」博士扭頭朝艙門看了一眼，他使勁鉗着那個水鬼的手不讓它掙脫，那個水鬼極力想甩開博士入水逃跑。

「我就是本傑明呀。」「大本傑明」一臉無辜地説，「我從小就叫本傑明的呀……」

「讓開，不要擋住我。」這時，小偵探「小本傑明」一把推開保安員「大本傑明」，「叫你不要擋在門口就不聽。」

「小本傑明」和海倫從客艙的門裏衝出來，「小本傑明」「嗖」地甩出一根綑妖繩，一下就纏住了水鬼。斯科特和「大本傑明」等幾個保安員也跟着跑了出來，不過跑在最前面的是保羅。

　　轉眼間，水鬼被綑了個結結實實，博士騰出手把水鬼一把推倒。水鬼一時被博士他們迅速的打擊搞暈了，突然它張大了嘴巴！

　　「有嘴無聲！」博士衝着水鬼唸了句口訣。

　　水鬼躺倒在地上張開大嘴，但是發不出任何聲音。它似乎在張開大嘴呼喚着什麼。

　　「早知道你要叫了！」海倫看看身後的幾個保安員，「水鬼的叫聲能使人暈倒呢！」

　　「還能報信呢。」博士在旁邊冷笑了一聲。

　　「快把它抬進去。」斯科特看到這個水鬼就渾身發抖，那模樣真的太恐怖了，他看看身邊的幾個保安員，「快點。」

　　幾個保安員在一邊嚇得都不敢上前，確實，誰第一次見到這樣的水鬼都會嚇壞的，更不要説去抬他。

　　「還是我們來吧。」博士看看海倫，説着他彎腰抬起水鬼的腦袋。

　　「看你，擋住我的路差點讓它跑了。」「小本傑明」很不滿意地對「大本傑明」説。

　　「我，我就想聽聽外面的動靜呀。」

　　原來博士安排大家躲在艙門後，「大本傑明」好奇心太重，他一直伏在艙門上聽外面的動靜，差點誤事。

　　博士抬着水鬼的腦袋，海倫和「小本傑明」一人抬着它一條腿，在一幫戰戰兢兢的保安員的跟隨下將它抬進了客艙。進了客艙後，他們沒有再向裏走，而是直接進了緊靠大門的一個房間，船長帶着保安部副經理鄧尼斯等在那裏。

　　「天呀。」船長叫了起來，看見水鬼被抬進來，他下意識地往後退了好幾步，「這是什麼？」

　　「一個水鬼。」海倫説道，她也認識這種魔怪，「估計是溺斃的，對吧，博士？」

　　「是的！」博士説着就鬆了手，水鬼的頭一下就碰到了地上，海倫和本傑明也鬆了手，「就把它放在這裏，一會再審他，現在去對付它的同夥，千萬要小心。」

　　「好的，博士，我準備好了。」本傑明口氣很堅定。

　　「我也準備好了！」保羅跟着説道。

　　「好，我們現在就出去。」博士説着走出那個房間，「一切按計劃進行，千萬不要慌！」

　　「南森博士。」斯科特拉了一下博士的胳膊，然後指

117

指那個仍然躺在地上的水鬼。那個水鬼張着大嘴好像在狂喊着什麼，但是一點聲音都沒有發出來，「這個傢伙不會掙脫吧？」

「不會不會。」博士看看水鬼然後踢了它一腳，「不要發送信號了，你那同夥聽不見。」

第九章　水怪！水怪！

斯科特和所有保安員都隱蔽在客艙裏，其實客艙的這個通道已經被完全封鎖了。博士和他的助手再次走出客艙大門，出門的時候博士接過一名保安員遞給他的一根三米多長的棍子，棍子的頂端綁着一塊鐵塊。

博士一行走出客艙門，直奔那個他們早上找到不少線索的船舷護欄處。在距離那個地方十米的位置時，海倫和本傑明蹲了下來不再前進了，兩個人都保持着攻擊姿勢。保羅也沒有再前進，他一動不動地盯着仍然慢慢向前的博士。

在靠近護欄大概四五米的地方，博士也蹲了下來，他拿起手裏的棍子，用棍子頂端的那塊鐵塊衝着護欄使勁敲了幾下。

「噹、噹、噹、噹……」金屬敲擊的聲音立即傳向四方，在這空曠的環境中，雖然有海浪的聲音，但是金屬敲擊聲仍然清晰可聞——無論是在甲板上還是在臨近甲板的海面上。

博士對着那根護欄敲了幾下以後，突然就拿着棍子向後退了幾步，一直退到海倫和本傑明前面大約一米處才蹲了下來，眼睛只盯着護欄那裏。與此同時，保羅悄然無聲地向前走了幾步，好像是要搶佔有利地形。

甲板上所有的目光都鎖定了同一個區域——那些有新鮮擦痕以及金屬物敲擊痕跡的護欄，以及提取到細線狀物體的區域。

海面上風浪依舊，甲板上隱約可聽見客艙裏傳出的美妙樂曲，客艙裏的乘客對甲板上發生的一切並不知情。

突然，甲板下水花翻騰，發出「嘩嘩」的巨大響聲，隨之幾隻巨大的觸角忽地越過護欄伸向甲板。這些觸角上有很多吸盤，每隻觸角在甲板部分的長度就超過五米，大概都有半米粗。這些觸角在甲板上捲來捲去，一時沒有捲到什麼東西，不過這些觸角仍沒有放棄搜尋。

「綑住他！」博士大喊一聲拋出一根綑妖繩，接着海倫和本傑明也拋出各自的綑妖繩。

三根飛出的綑妖繩霎時間就把幾隻來回舞動的觸角綑在船舷護欄上。

「果然是食人的章魚精！」保羅站在一邊喊起來，

「我的檢測百分之百的正確！」

正在這時，斯科特帶着一大羣保安員衝了過來，其中有幾個保安員手中還拿着步槍，「大本傑明」端着一枝步槍衝在前面。

「抓住了嗎？」斯科特老遠就喊起來。

這些人看見那被綑在護欄上的大觸角頓時驚呆了，幾個保安員慌裏慌張地舉起步槍對準那些大觸角，他們開始靠近船舷。

「不要靠得太近！」博士急忙攔住那些不斷靠近船舷的保安員，「千萬不要靠近，危險！」

説這話的時候已經晚了，一隻沒有被綑住的觸角忽然掃到一個保安員，當它察覺出這是人的時候，一下就把那個保安員捲了起來。

「救命呀！——」被捲住的保安員狂喊起來，聲音很悽厲。他的步槍一下就掉在甲板上，兩隻手亂揮亂舞，眼裏充滿絕望。

那隻捲起保安員的觸角努力抬起，想把人拋向大海。

「閃電掌！」海倫唸了句口訣，隨手一揮，她的手中有一道閃電般的亮光直飛向那隻觸角。

「咔嚓」一聲巨響，人人都能感覺到甲板上猛地一震，只見那隻把人捲起的觸角一下就被海倫活活劈斷了。

「嗷——」甲板下的海裏傳來一聲慘叫，聲音響徹天空。

被斬斷的觸角一下就掉到甲板上，但是它仍像蚯蚓一樣來回扭動，幅度極大，骯髒的液體從截斷處流了出來，而仍連在章魚身子上的那半段觸角在亂噴液體並極痛苦地舞動。那名保安員一下被摔到甲板上，斯科特奮不顧身地上前把他拉了回來。

那個保安員安全了，不過他受驚過度一下就癱在了甲板上。

「砰、砰、砰……」一陣槍響，「大本傑明」帶着幾名保安員衝着另外一隻沒有被綑住的觸角開槍，有個保安員還向仍在地上亂扭的那隻被斬斷的觸角開了幾槍。

博士這時才看清，伸上甲板的觸角一共六隻。不過子彈對章魚精觸角的打擊成效並不明顯，它們仍舊在空中揮舞着，只有被海倫斬斷的那隻觸角漸漸地不動了。

「大家退後，小心不要再被抓住。」博士回頭看了看，「本傑明，別開槍，我來！」

「我沒開槍呀。」一直站在博士身後的「小本傑明」不解地說，突然他看到了旁邊舉着槍的「大本傑明」。

「說你呢。」「小本傑明」衝「大本傑明」喊道，「喂！這次是叫你。」

「噢，知道了。」「大本傑明」停止射擊，端着槍往後退了幾步。

「和我叫一樣的名字。」「小本傑明」不滿意地說，「真耽誤事。」

「肯定是我先叫本傑明的……」「大本傑明」聽到「小本傑明」的話後小聲回應了一句。

戰場上此時突然出現了短暫的寧靜，博士小心地向前走了兩步，用力一揮手。

「凝固氣流彈！」隨着博士的口訣聲，一團凝固氣流劃了道弧線，飛越甲板護欄，砸向那些被綑着的觸角的另一端，也就是那個章魚精的身體。

「哐——」的一聲巨響，接着又是一聲慘叫傳來，看來博士準確無誤的命中了目標。

又是短暫的寧靜，然後海水猛濺。

「你們這些該死的人。」隨着一聲悶聲悶氣的叫罵，章

魚精的腦袋突然從甲板下冒了出來，它會說人類的語言。

　　這隻章魚精長了一副普通章魚的模樣，只不過非常巨大，它的腦袋足有一輛小汽車大小，眼睛像足球。就是這足球般大小的眼睛，正惡狠狠地透過護欄盯着博士他們。

「我的天呀。」一個膽小的保安員抱着槍連忙後退，但是顫顫巍巍站不穩，一下仰面摔倒，槍飛了出去。

海倫和本傑明也下意識地往後退了一步，只有保羅衝上去對着那個章魚精狂叫——他的構造沒有恐懼感這一項。

「開槍開槍。」斯科特撿起摔倒的保安員掉在甲板上的步槍，「殺了他！」

「不要衝動！」博士喊了一聲，他預備再給那章魚怪物來一個氣流彈，博士估計章魚怪要拚命了。

章魚精不是來拚命的，它是想逃命。它用其他沒有綑住的觸角一起頂住郵輪的船身，然後猛地一用力，「咔嚓——」一聲巨響，整個船身明顯晃了一下。只見它那些被綑在護欄上的觸角全部被活活扯斷留在了護欄那裏，而它的全身一下就解脫束縛了。這種為了解脫而不惜自殘身體的舉動，也只有這種兇殘的怪獸才能做得出來。

船舷護欄被巨大的力量牽扯，一下就給拉彎了好幾根，被扯斷的觸角卡在護欄上，骯髒的液體——估計就是章魚精的血液四處亂噴。它們雖然被綑縛着，但似乎還留戀它們的主體，仍然瘋狂扭動，不過它們的主體——斷肢章魚精已經不顧這一切了，它游向大海想逃之夭夭。

　　章魚精使盡全力拉斷觸角時，博士已經意識到它想斷肢逃跑，他的手中一下就飛出了一樣東西——魔怪行蹤貼，這是博士新配置成功的，也是第一次用於實戰。

　　發着耀眼綠光的魔怪貼正好貼在章魚精的頭上，章魚精正奮力划開水面，逃向遠方。它被這突如其來貼在腦袋上的東西嚇了一跳，不過甩了幾下沒有甩掉，於是就索性不管了，徑直潛入深海。

　　看到章魚精「斷臂」逃走，甲板上的人一下全撲到護

欄那裏，生怕他就這樣逃走了。不過章魚腦袋上那個魔怪貼明白無誤地反應着它的行蹤，它在向遠處深處游去。斯科特舉槍射擊，但這似乎對那個巨型怪獸沒有什麼威脅。

「老伙計看你的了！」博士喊道，「瞄準亮點發射！把四枚導彈都送給它！」

話音未落，只聽「嗖」的一聲，一枚追妖導彈從保羅後背開出的一個洞口裏發射出來，接着又有三枚導彈陸續射出。這些導彈越過甲板上的護欄後，急轉直下鑽進海

裏，目標就是那個入海後光亮依然奪目的綠色亮點，那裏也是食人章魚精的頭部所在。

「轟——」第一聲沉悶的響聲傳出海面，接着又是連續三聲。第一枚導彈直接命中章魚精的頭部後爆炸，緊跟而至的另外三枚導彈一起將整個章魚精炸得四分五裂。爆炸的氣浪將怪獸的肢體掀出海面拋向天空，魔怪貼也被炸碎，無數發着綠光的碎片夾在破碎肢體中，飛向天空後又四散落進向海面，海面上頓時出現點點綠光，猶如星星入海。

甲板上觀戰的那些保安員看到這個場景都呆住了。海面上隨即平靜了下來，在那些點點綠光的映照下，一些章魚精的殘肢斷體漂在海面上隨波逐流。

「繩子回來。」博士唸了句口訣，一根原本將章魚精的觸角綑在護欄上的綑妖繩一下就飛到博士手裏，「戰鬥結束了。」

海倫和本傑明也收回各自的綑妖繩，三根已經不再動彈的章魚精觸角落進海裏，不過它們已經找不到它們的「主人」了。

「船長。」博士拍了拍船長的肩膀，他不知道什麼時

候也跑了出來，依站在護欄後直呆呆地看着海面，「返航回利物浦吧，你還有太多的事情需要善後。」

「真是大章魚嗎？」船長顯然還沒有回過神來，他眼睛瞪得極大，「你們幹掉了一隻大章魚？」

「深海食人章魚精，典型的深海大水怪。」博士解釋說，「只有大洋深處才有這種章魚精，一般體長都超過二十米，八隻巨爪，不僅僅吃海洋生物，也襲擊過往船隻，一般是摧毀船隻後吞噬船上的人類。章魚精已經被魔法師和人類武裝消滅得差不多了，這些年也很少有相關報道，沒想到你們這條船就碰上一隻，而且它還和水鬼勾結起來。」

「以前我聽說過章魚精襲擊船隻食人的事。」船長看着遠處的大海說，「有條船被章魚精纏上了，那條船小，被章魚精突然襲擊後，好幾個船員被晃到水裏，後來出動了空軍和海軍參加救援，最終炸死了那隻章魚精。」

「嗯，這次這隻章魚精不硬來了，它懼怕人類的武力。」博士也看看遠處的海面，那上面還有些星星點點的綠光，「它通過和水鬼聯手間接偷襲人類，不過下場還是一樣。」

「但願這是最後一隻食人章魚精了！」船長不安地說。

「這個嘛……上岸後是要和相關機構聯繫一下，對這個海域進行整體搜索。」博士點點頭說。

消滅了食人章魚精後，博士和他的助手們來到了那個關押着自稱菲爾的水鬼的房間，鄧尼斯和兩個保安員在看押着他，因此錯過了剛才那些精彩的戰鬥。

「有嘴有聲。」博士對着那個水鬼唸了句口訣，「想說什麼就說什麼吧，不過你那個同伴再也聽不見你的聲音了，你要再敢發出害人的叫聲我立即撕碎了你！」

水鬼躺在地上一句話也不說，本傑明上去踢了它一腳。

「不是一直在喊嗎，怎麼不喊了？」

水鬼還是一句話也不說。

「你冒充船員還冒充乘客，名字也是編的吧？」海倫怒視着他。

「名字就是我的！」水鬼突然開口了，「我從不改名字！我生前是蘇格蘭人！」

「可你更改面目去騙人。」博士大聲喝到。

「呸！」海倫吐了它一口唾沫，「你也配做蘇格蘭人！」

「博士博士。」保羅説着跑到博士腳邊，「我用體內資訊儲存機搜索了一下，原來五年前有個叫菲爾的殺人逃犯在被警方追捕時開槍拒捕，左腿和腰部被警方近距離擊中，跌落海中不見蹤影。他墜海的地點就在蘇格蘭北部拉斯角的一處懸崖，懸崖下面就是北大西洋。」

「噢——」博士看看那個水鬼的左腿，又看看它的腰部，它左腿和腰部都有一個大洞清晰可見，「中槍後跌入大西洋，變成了水鬼，喂，應該就是你吧。」

叫菲爾的水鬼不承認也不否認，它閉上了眼睛，什麼話都不説了。

水鬼善於變化，一會兒可以變成老人，一會兒又可變成英俊的青年，但它的金髮卻是一個不變的特徵，那是它生前的特點。

這時，博士掏出裝魔瓶，唸口訣將水鬼縮小收進瓶中，海倫收回了綁縛他的綑妖繩。不知什麼時候，船長和斯科特也來到這個房間，他們目睹了這一切，兩人完全鬆了口氣。

　　「大西洋之星」號豪華郵輪此時完全調轉船頭返回利物浦，船長要回那裏處理很多善後事宜。

　　至此，這宗撲朔迷離的案件終於破解了。

　　事實上，在甲板上裝成心情不好的老人並和斯科特發生一些「爭吵」，當然都是博士事先安排好的，目的就是吸引那個水鬼上鈎。

　　就在掌握了失蹤者的基本情況後，博士就斷定那個金黃頭髮的「船員」就是喬裝了的魔怪。但博士起初以為這個魔怪是一直藏在船上，只因魔力很深才沒被探測出來。後來聽「大本傑明」說他追那個金色頭髮的人時，聽到水面「撲通」一聲，博士再聯繫先前迪克說金髮人頭髮是濕的，方才猛然意識到可能是水鬼作案。除了水鬼，任何魔怪都是不敢隨便往這浩瀚的大洋裏跳的。

　　水鬼的一個特點就是脫離水域時間不能太長，一般不到一小時就要入水「呼吸」，然後才再次出水，所以出現在水域外的水鬼的頭髮仍然是濕的，博士想這也是水鬼作案的另一個證據。然而把乘客騙到甲板上後，水鬼是如何把他們推下海的，博士開始也並不很清楚。因為水鬼在水下力量無窮，但脫離了水域後力量並不大，它要把兩個巡

邏隊員先後推下海的可能性不大。

　　直到在甲板上找到那些證據後，博士才將整個案件串聯起來。保羅直接檢驗出護欄上的細線狀纖維提取物就是食人章魚精的身體組織，博士想很有可能是水鬼和章魚精聯合作案。它們一直跟着這條船，晚上水鬼上船後，將單獨走動的乘客騙到它和章魚精事前約定好的地方，然後水鬼用鐵器敲擊護欄作為暗號，章魚精從水下伸出長長的觸角將人捲走，水鬼接着下去和它一起食人，護欄因此留下敲擊痕跡。失蹤者在被觸角拖下水時，會與護欄造成摩擦留下痕跡，至於橫向護欄的摩擦痕跡比豎立護欄摩擦痕跡明顯，是因為觸角要將人拉過橫向護欄才能拖下水，所以橫向護欄的阻力更大些。

　　幾次伸出觸角越過甲板護欄捲走被害者，也使得章魚精觸角上的組織纖維黏在了護欄上。檢測出這些纖維物是破獲案件的關鍵，而那些纖維即使被斯科特等前警員發現，在船上也沒有設備進行檢測。

　　至於菲爾怎樣勾結食人章魚精，怎樣選中「大西洋之星」號下手，這可能永遠是個謎了。

　　上述情況博士全都寫進了一份報告中，這是斯科特和

船長一直催着博士完成的，他們公司的總部要這份報告，倫敦警方肯定也要一份。

博士向相關部門另寫了一份報告，內容是在全球海洋航線區域徹底搜索捕殺深海水怪——食人章魚精。

尾聲

博士他們沒有再被「鵠」式飛機接走，而是坐着「大西洋之星」號返回。本傑明説什麼也不願意再乘坐他曾萬分喜愛的戰鬥機了，他的理由很簡單——他不願意再次弄髒人家的駕駛艙後座。

快到利物浦港的時候，博士帶着他的助手們和許多心情複雜的乘客扶欄遙望陸地——那些乘客大都知道了這些天發生的事情。

這本是一趟充滿歡樂的旅程，卻因魔怪的破壞而中斷了。

幾名乘客和船員因此永遠地葬身大海。死者親屬聽聞噩耗後都異常悲痛，尤金太太還因傷心過度病倒了。船長特意安排工作人員照顧和安撫死者親屬，而且他還向公司總部説明了大致情況，陸地上的善後工作也已經有條不紊地展開了。看到這些，魔幻偵探所成員都覺得很難過，不過他們能成功偵破疑案、擒妖除魔，也算是為不幸的死難

者家屬帶來一絲安慰了。

「博士，南森博士！」船長和特納匆匆跑來，邊跑邊喊。

博士快步迎上去：「西蒙船長，你好！特納先生，你好！」

特納緊緊握住博士的手，説：「這次多虧你幫了這個大忙！」

船長在旁邊微笑着，看着兩位老朋友的親熱樣。他的手裏拿着一張傳真紙，「找了你們好半天，還以為你們在房間裏。」他對博士説。

「怎麼了，船長？」本傑明指着那張紙問，「嘉獎令這麼快就下來了？要我去牛津接受頒獎？」

「啊？是嘉獎令嗎？」特納也好奇地問。

「不是，我們公司總部不是決定獎勵你們五十萬英鎊的獎金嗎？」船長氣喘吁吁地説。

「是呀。」博士説。

「你們提供的賬戶被凍結了，説是惡意透支不還錢。」船長聳聳肩膀。

「誰説我不還了？」博士有點生氣了，「我不是在這

裏沒時間嗎？」

「看來我要給你寫個說明報告了。」船長笑了笑說。

「那再好不過，請把我們狠狠地誇獎一下。」博士連忙握住船長的手，「千萬不要手軟。」

「那請問你們透支了多少錢？」特納邊笑邊問。

「可能是五十英鎊，也許是五百英鎊。」博士拚命地想着什麼，「不過說什麼也不會超過五十萬英鎊的。」

麥克警長，蘇格蘭場（倫敦警察廳）高級督察，南森和警方的聯絡人，也是一名大偵探，屢破奇案。當然，他所偵辦的都是人類世界中的案件。一起來看看他偵辦過的案件，運用你的推理能力，想一想他是如何破案的呢？

手機失蹤之謎

曼徹斯特到倫敦的火車剛停車，車門打開後，列車員先走下來，隨後指引乘客下車。身着警服的麥克警長第一個走下車，然後向出口走去，他是去曼徹斯特出差的。忽然，他身後一陣騷動。

「截住他們——他們當中有小偷——」車廂門口，一個女士高聲喊道，手指着麥克警長這邊。

麥克連忙看看身後，他的身後有四個男子跟着他下車。麥克立刻幫忙攔住了這四個人。四個人被攔住後，情緒都很激動。

麥克連忙走向那個女士了解情況，原來，女士在停車前離開座位，到位於車廂另一端的垃圾箱扔垃圾，她在手機上壓了一本書，放在座椅上，沒想到回來時發現書還在，但手機不見了，她的座位在緊靠車門的地方，而從這邊車門下車的正是跟

在麥克警長身後的四個男子。麥克是警務人員，下車前一直和在車門旁的列車員說話，首先被排除嫌疑，而他身後的四個男子則都有嫌疑。麥克叫這四人一一描述剛才下車的情形。

「我就這樣下車呀，停車後我沿着通道一直走……你們冤枉我，我要去投訴你們，我可不是好惹的！」男子A說。

「我沒拿什麼手機，我有的是錢。停車後我就一直看手機，因為我要馬上去機場，我怕趕不上飛機。」男子B說。

「我沒拿手機，也沒去翻動什麼書，我就想着馬上回家。你們不能這樣攔着我。」男子C說。

「我是個公認的好人，那位女士的手機掉在地上了吧，或者洗手間，你們一定是搞錯了。」男子D說。

麥克聽完幾個人的描述，立即鎖定了真正的偷竊者，找到了手機。

請問，A、B、C、D中，哪個男子是偷竊者？為什麼？

魔幻偵探所 5

「大西洋之星」號謎案（修訂版）

作　　者：關景峰
繪　　圖：陳焯嘉
策　　劃：甄艷慈
責任編輯：周詩韵
美術設計：李成宇
出　　版：新雅文化事業有限公司
　　　　　香港英皇道499號北角工業大廈18樓
　　　　　電話：（852）2138 7998
　　　　　傳真：（852）2597 4003
　　　　　網址：http://www.sunya.com.hk
　　　　　電郵：marketing@sunya.com.hk
發　　行：香港聯合書刊物流有限公司
　　　　　香港新界大埔汀麗路36號中華商務印刷大廈3字樓
　　　　　電話：（852）2150 2100　　傳真：（852）2407 3062
　　　　　電郵：info@suplogistics.com.hk
印　　刷：中華商務彩色印刷有限公司
　　　　　香港新界大埔汀麗路36號
版　　次：二〇一八年九月初版

ISBN : 978-962-08-7137-5

魔幻偵探所